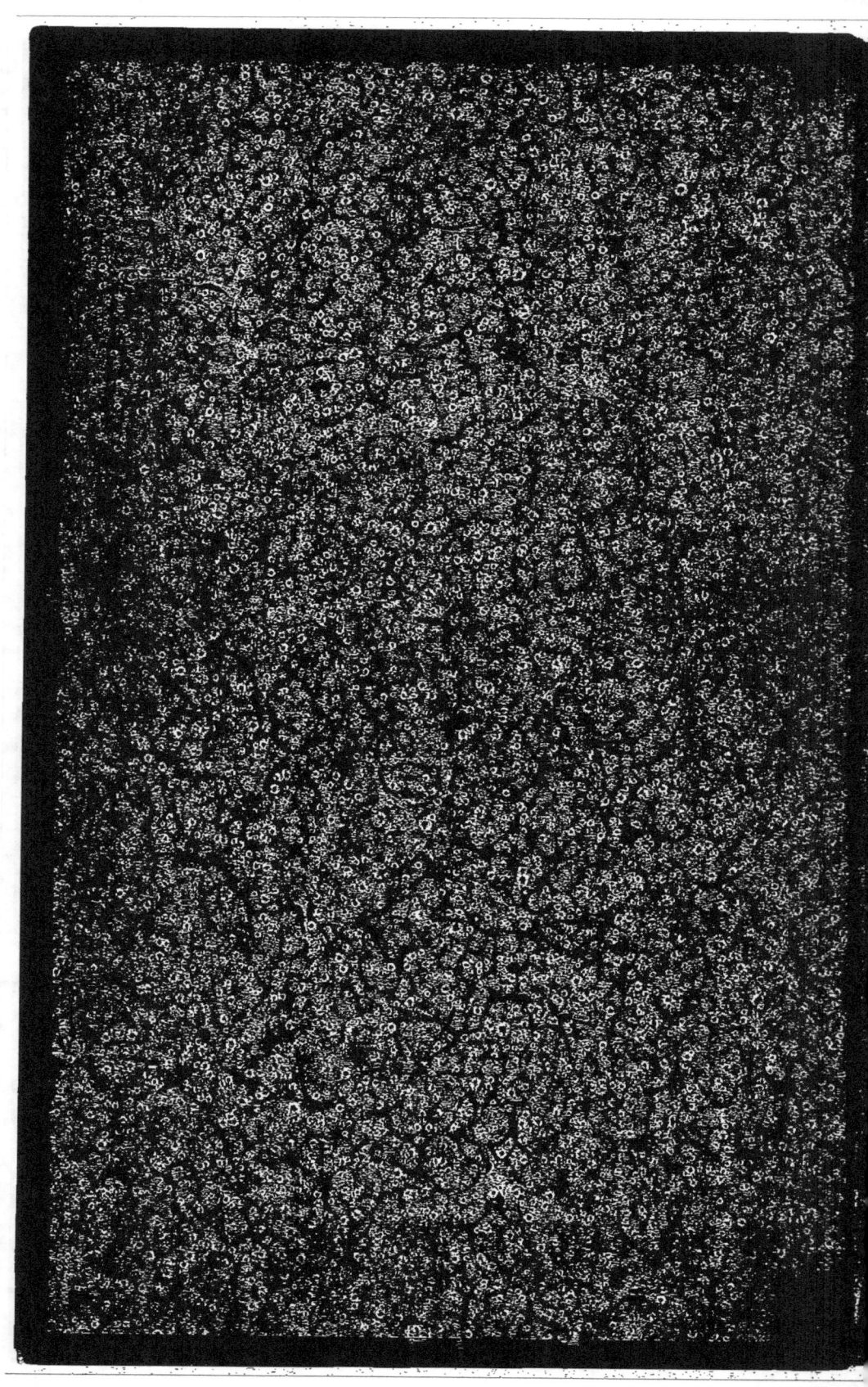

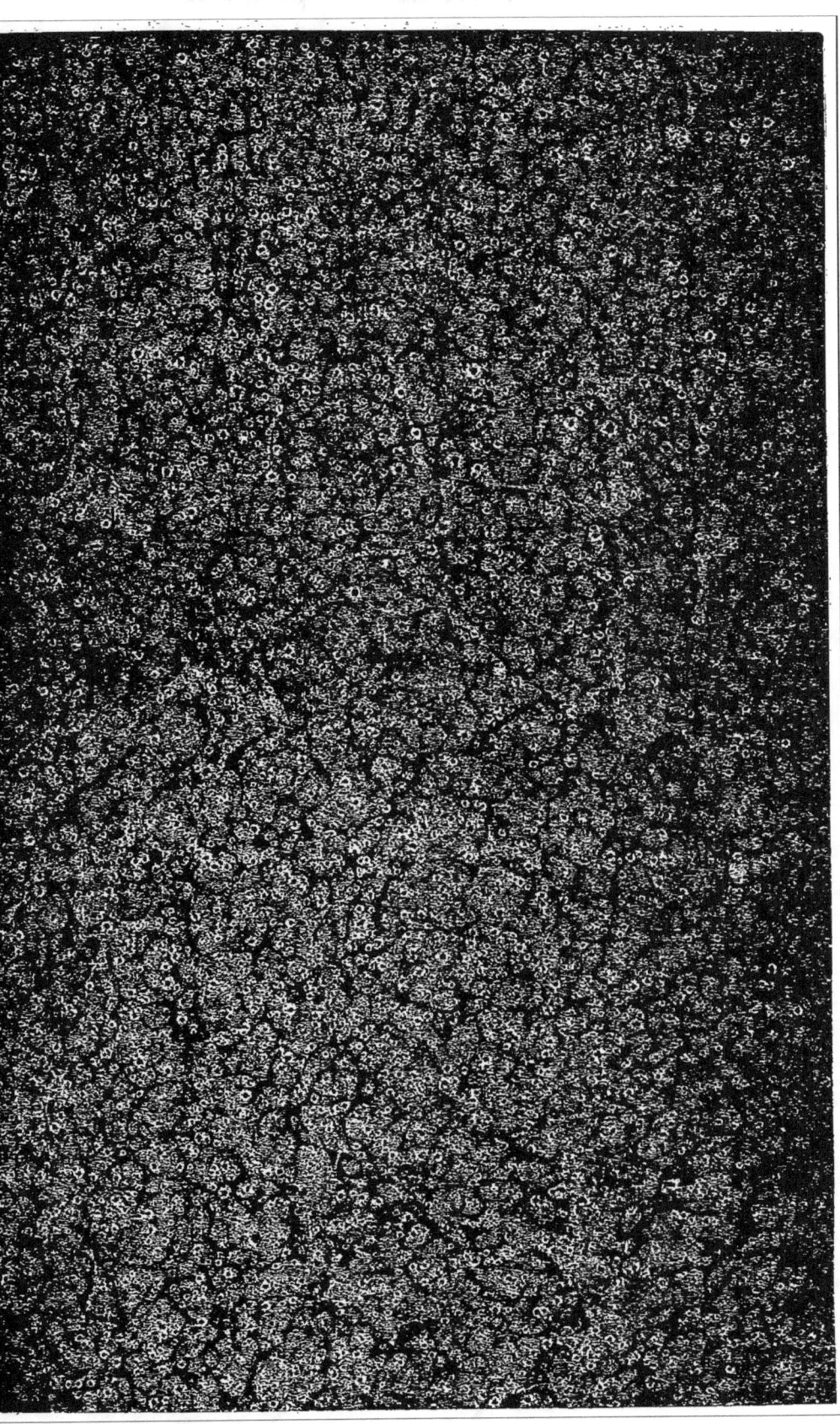

C.

LA COMTESSE DE RUDOLSTADT.

LIVRES DE FONDS.

—

GEORGE SAND.

La Comtesse de Rudolstadt. . . . . 5 vol. in-8.
Consuelo. 8 vol. in-8
Horace. . . . . 3 vol. in-8.

Mme MÉLANIE WALDOR.

La Coupe de Corail. . . . . 2 vol. in-8
André le Vendéen. . . . . 2 vol. in-8.
Le Château de Ramsberg, (Sous presse). . . . . . . 2 vol in-8

S. HENRY BERTHOUD.

La Bague Antique.
{ Première série.—Courtisanne et Sainte. 2 vol. in-8.
{ Deuxième série. — Gabriel Rusconnetz. 2 vol. in-8.
{ Troisième série. — Berthe Frémicourt. 2 vol. in-8.
{ Quatrième série.—L'Enfant sans Mère. 2 vol in-8.

Le Fils du Rabbin. . . . . 2 vol. in-8.

TOUCHARD LAFOSSE.

Hélène de Poitiers. . . . . 2 vol. in-8.
Un Lion aux bains de Vichy. . . . . 2 vol. in-8.
Le Rémouleur ou la Jeunesse dorée. . . . . 3 vol. in-8.
Les trois Aristocraties . . . . 2 vol. in-8.
L'Homme sans Nom. . . . . 2 vol in-8.

———

Andalousia , par LOTTIN DE LAVAL. . . . . 2 vol. in-8.
Les Comtes de Montgommery, par LE MÊME. . . . . . 2 vol. in-8.
Le Cabaret de Ramponneau, par AMÉDÉE DE BAST. . . . 2 vol. in-8.
Les Brodeuses de la Reine , par ERNEST ALBY. . . . . 2 vol. in-8.
L'Échelle de Soie, par HYPPOLYTE LUCAS. . . . . . . 2 vol. in-8.
Le Grenadier de l'île d'Elbe, par BARGINET (de Grenoble). . 2 vol. in-8.
Fleur d'Épée, par A. de KERMAINGUY. . . . . 2 vol. in-8.
Le Diamant de la Vouivre , par LOUIS JOUSSERANDOT. . . 2 vol. in-8.
Le Capitaine Spartacus, par PAUL FÉVAL. . . . . . . 2 vol. in-8.
Le Duc de Bassano, souvenirs intimes de la République et de
  l'Empire, recueillis et publiés par CHARLOTTE DE SOR. . . . 2 vol. in-8.
Un Secret dans le Mariage, par MADAME SOPHIE PANNIER. . 2 vol. in-8.
Les Deux Amours, par ÉMILE BIGILLION. . . . . . . 2 vol. in-8.
La Poule aux OEufs d'or, par JULES LACROIX. . . . . 2 vol. in-8.
Le Yacht du Diable, par JULES DAVID. . . . . 2 vol. in-8.

Sceaux. — Impr. de E. Dépée

GEORGE SAND.

LA COMTESSE

DE

RUDOLSTADT.

III

PARIS,
L. DE POTTER, LIBRAIRE-ÉDITEUR,
Rue Saint-Jacques, 58.

1844.

1845

1

La Porporina, jugeant que c'était un parti pris, chez son compagnon, de ne point échanger une seule parole avec elle, crut ne pouvoir mieux faire que de respecter le vœu bizarre qu'il semblait observer, à l'exemple des antiques chevaliers errants. Pour échapper

aux sombres images et aux tristes réflexions
que le recit de Karl lui suggérait, elle s'efforça de ne penser qu'à l'avenir inconnu
qui s'ouvrait devant elle; et peu à peu elle
tomba dans une rêverie pleine de charmes.
Peu d'organisations privilégiées ont seules le
don de commander à leur pensée dans l'état
d'oisiveté contemplative. Consuelo avait eu
souvent, et principalement durant les trois
mois d'isolement qu'elle venait de passer à
Spandaw, l'occasion d'exercer cette faculté,
accordée d'ailleurs, moins aux heureux de ce
monde qu'à ceux qui disputent leur vie au
travail, aux persécutions et aux dangers. Car
il faut bien reconnaître le mystère providen-
tiel des *grâces d'état*; sans quoi la force et la
sérénité de certains infortunés paraîtrait impossible à ceux qui n'ont guère connu le
malheur.

Notre fugitive se trouvait, d'ailleurs, dans

une situation assez bizarre pour donner lieu à beaucoup de châteaux en Espagne. Ce mystère qui l'enveloppait comme un nuage, cette fatalité qui l'attirait dans un monde fantastique, cette sorte d'amour paternel qui l'environnait de miracles, c'en était bien assez pour charmer une jeune imagination riche de poésie. Elle se rappelait ces paroles de l'Écriture que, dans ses jours de captivité, elle avait mises en musique.

« J'enverrai vers toi un de mes anges qui « te portera dans ses bras, afin que ton pied « ne heurte point la pierre. . . . . . .

« . . . .

« Je marche dans les ténèbres, et j'y mar- « che sans crainte, parce que le Seigneur est « avec moi. »

Ces mots avaient désormais un sens plus clair et plus divin pour elle. Dans un temps où l'on ne croit plus à la révélation directe et

à la manifestation sensible de la Divinité, la
protection et le secours du ciel se traduisent
sous la forme d'assistance, d'affection et de
dévouement de la part de nos semblables. Il y
a quelque chose de si doux à abandonner la
conduite de sa propre destinée à qui nous
aime, et à se sentir, pour ainsi dire, porté par
autrui ! C'est un bonheur si grand qu'il nous
corromprait vite, si nous ne nous combattions
nous-mêmes, pour ne pas en abuser. C'est le
bonheur de l'enfant, dont les songes dorés
ne sont troublés, sur le sein maternel, par
aucune des appréhensions de la vie réelle.

Ces pensées, qui se présentaient comme un
rêve à Consuelo, au sortir subit et imprévu
d'une existence si cruelle, la bercèrent d'une
sainte volupté, jusqu'à ce que le sommeil vînt
les noyer et les confondre dans cette sorte
de repos de l'âme et du corps qu'on pourrait
appeler un néant senti et savouré. Elle avait

totalement oublié la présence de son muet
compagnon de voyage, lorsqu'elle se réveilla
tout près de lui, la tête appuyée sur son épaule. Elle ne pensa pas d'abord à se déranger;
elle venait de rêver qu'elle voyageait en char-
rette avec sa mère, et le bras qui la soutenait
lui semblait être celui de la Zingara. Un ré-
veil plus complet lui fit sentir la confusion de
son inadvertance; mais le bras de l'inconnu
semblait être devenu une chaîne magique.
Elle fit à la dérobée de vaines tentatives pour
s'en dégager; l'inconnu paraissait dormir lui-
même et avoir reçu machinalement sa compa-
gne dans ses bras lorsque la fatigue et le mouvement de la voiture l'y avaient fait glisser. Il
avait joint ses deux mains ensemble autour
de la taille de Consuelo, comme pour se préserver lui-même de la laisser tomber à ses
pieds en s'endormant. Mais son sommeil n'a-
vait pas relâché la force de ses doigts entre-

lacés, et il eût fallu, en essayant de les déta-
cher, le réveiller complétement. Consuelo ne
l'osa pas. Elle espéra que de lui-même il lui
rendrait sa liberté sans le savoir, et qu'elle
pourrait retourner à sa place sans paraître
avoir remarqué positivement toutes ces circonstances délicates de leur tête-à-tête.

Mais en attendant que l'inconnu s'endormît
plus profondément, Consuelo, que le calme
de sa respiration et l'immobilité de son repos
avaient rassurée, se rendormit elle-même,
vaincue par l'épuisement qui succède aux
grandes agitations. Lorsqu'elle se réveilla de
nouveau, la tête de son compagnon s'était
penchée sur la sienne, son masque s'était détaché, leurs joues se touchaient, leurs haleines
se confondaient. Elle fit un mouvement brusque pour se retirer, sans songer à regarder les
traits de l'inconnu, ce qui, d'ailleurs, eût été
assez difficile vu l'obscurité qui régnait au-

dehors et surtout dans la voiture. L'inconnu rapprocha Consuelo de sa poitrine, dont la chaleur embrasa magnétiquement la sienne, et lui ôta la force et le désir de s'éloigner. Cependant il n'y avait rien de violent ni de brutal dans l'étreinte douce et brûlante de cet homme. La chasteté ne se sentait ni effrayée ni souillée par ses caresses ; et Consuelo, comme si un charme eût été jeté sur elle, oubliant la retenue, on pourrait même dire la froideur virginale dont elle n'avait jamais été tentée de se départir, même dans les bras du fougueux Anzoleto, rendit à l'inconnu le baiser enthousiaste et pénétrant qu'il cherchait sur ses lèvres.

Comme tout était bizarre et insolite chez cet être mystérieux, le transport involontaire de Consuelo ne parut ni le surprendre, ni l'enhardir, ni l'enivrer. Il la pressa encore lentement contre son cœur ; et quoique ce fût avec

une force extraordinaire, elle ne ressentit pas
la douleur qu'une violente pression cause toujours à un être délicat. Elle n'éprouva pas non
plus l'effroi et la honte qu'un si notable oubli
de sa pudeur accoutumée eût dû lui apporter
après un instant de réflexion. Aucune pensée
ne vint troubler la sécurité ineffable de cet
instant d'amour senti et partagé comme par
miracle. C'était le premier de sa vie. Elle en
avait l'instinct, ou plutôt la révélation ; et le
charme en était si complet, si profond, si divin, que rien ne semblait pouvoir jamais l'al-
térer. L'inconnu lui paraissait un être à part,
quelque chose d'angélique dont l'amour la
sanctifiait. Il passa légèrement le bout de ses
doigts, plus doux que le tissu d'une fleur, sur
les paupières de Consuelo, et à l'instant elle
se rendormit comme par enchantement. Il
resta éveillé cette fois, mais calme en apparence, comme s'il eût été invincible, comme

si les traits de la tentation n'eussent pu pénétrer son armure. Il veillait en entraînant Consuelo vers des régions inconnues, tel qu'un
archange emportant sous son aile un jeune
séraphin anéanti et consumé par le rayonne-
ment de la Divinité.

Le jour naissant et le froid du matin tirèrent
enfin Consuelo de cette espèce de léthargie.
Elle se trouva seule dans la voiture, et se demanda si elle avait rêvé qu'elle aimait. Elle
essaya de baisser une des jalousies ; mais elles
étaient toutes fermées par un verrou extérieur
ou par un ressort dont elle ne connaissait pas
le jeu. Elle pouvait recevoir l'air et voir courir en lignes brisées et confuses les marges
blanches ou vertes du chemin ; mais elle ne
pouvait rien discerner dans la campagne, ni
par conséquent faire aucune observation, aucune découverte sur la route qu'elle tenait. Il
y avait quelque chose d'absolu et de despoti-

que dans la protection étendue sur elle. Cela ressemblait à un enlèvement, elle commença à en prendre souci et frayeur.

L'inconnu disparu, la pauvre pécheresse sentit arriver enfin toutes les angoisses de la honte, toute la stupeur de l'étonnement. Il n'était peut-être pas beaucoup de *filles d'O-péra* (comme on appelait alors les cantatrices et les danseuses) qui se fussent tourmentées pour un baiser rendu dans les ténèbres à un inconnu fort discret, surtout avec la garantie donnée par Karl à la Porporina que c'était un jeune homme d'une prestance et d'une figure admirables. Mais cet acte de folie était tellement en dehors des mœurs et des idées de la bonne et sage Consuelo, qu'elle en fut profondément humiliée. Elle en demanda pardon aux mânes d'Albert, et rougit jusqu'au fond de l'âme d'avoir été infidèle de cœur à son souvenir d'une façon si brusque, et avec si peu de

réflexion et de dignité. Il faut, pensa-t-elle,
que les évènements tragiques de la soirée et la
joie de ma délivrance m'aient donné un accès
de délire. Autrement, comment aurais-je pu
me figurer que j'éprouvais de l'amour pour un
homme qui ne m'a pas adressé un seul mot,
dont je ne sais pas le nom, et dont je n'ai pas
seulement vu les traits! Cela ressemble aux
plus honteuses aventures de bal masqué, à
ces ridicules surprises des sens dont la Corilla
s'accusait devant moi, et dont je ne pouvais
pas concevoir la possibilité pour une autre
femme qu'elle. Quel mépris cet homme doit
avoir conçu pour moi! S'il n'a pas abusé de
mon égarement, c'est que j'étais sous la garantie de son honneur, ou bien qu'un serment
le lie sans doute à des devoirs plus respecta-
bles, ou bien enfin qu'il m'a justement dé-
daignée! Puisse-t-il avoir compris ou deviné

que ce n'était de ma part qu'un accès de
fièvre, qu'un transport au cerveau !

Consuelo avait beau se faire tous ces reproches, elle ne pouvait se défendre d'une amertume plus grande encore que toutes les rail-
leries de sa conscience : le regret d'avoir
perdu ce compagnon de voyage qu'elle ne se
sentait le droit ni la force d'accuser ou de
maudire. Il restait au fond de sa pensée comme
un être supérieur investi d'une puissance magique, peut-être diabolique, mais à coup sûr
irrésistible. Elle en avait peur, et pourtant elle
désirait n'en être pas si brusquement et à jamais séparée.

La voiture se mit au pas, et Karl vint ouvrir
la jalousie. « Si vous voulez marcher un peu,
signora, lui dit-il, *monsieur le chevalier* vous
y engage. La montée est rude pour les chevaux, et nous sommes en plein bois, il paraît
qu'il n'y a pas de danger. »

Consuelo s'appuya sur l'épaule de Karl , et sauta sur le sable sans lui donner le temps de baisser le marchepied. Elle espérait voir son compagnon de voyage, son amant improvisé. Elle le vit en effet, mais à trente pas devant elle, le dos tourné par conséquent, et toujours drapé de ce vaste manteau gris qu'il paraissait décidé à garder le jour comme la nuit. Sa démarche et le peu qu'on apercevait de sa chevelure et de sa chaussure annonçait une grande distinction, et l'élégance d'un homme soigneux de rehausser par une toilette *galante*, comme on disait alors, *les avantages de sa personne.* La poignée de son épée, recevant les rayons du soleil levant , brillait à son flanc comme une étoile, et le parfum de la poudre que les gens de bon ton choisissaient alors avec la plus grande recherche laissait derrière lui, dans l'atmosphère du

matin, la trace embaumée d'un homme
comme il faut.

Hélas ! mon Dieu, pensa Consuelo , c'est
peut-être quelque fat , quelque seigneur de
contrebande, ou quelque noble orgueilleux.
Quel qu'il soit, il me tourne le dos ce matin ,
et il a bien raison !

« Pourquoi l'appelles-tu *le chevalier ?* de-
manda-t-elle à Karl en continuant tout haut
ses réflexions.

— C'est parce que je l'entends appeler ainsi
par les postillons.

— Le chevalier de quoi ?

— M. le chevalier tout court. Mais pourquoi
cherchez-vous à le savoir, signora ? Puisqu'il
désire vous rester inconnu, il me semble qu'il
vous rend d'assez grands services au péril de
sa vie, pour que vous ayez l'obligeance de
rester tranquille à cet égard. Quant à moi je
voyagerais bien dix ans avec lui sans lui de-

mander où il me mène. Il est si beau, si brave
si bon, si gai !..

—Si gai ? cet homme-là est gai ?

— Certes. Il est si content de vous avoir
sauvée, qu'il ne peut s'en taire. Il me fait
mille questions sur Spandaw, sur vous , sur
Gottlieb, sur moi, sur le roi de Prusse. Moi, je
lui dis tout ce que je sais, tout ce qui m'est
arrivé, même l'aventure de Roswald ! Cela
fait tant de bien de parler le bohémien et d'ê-
tre écouté par un homme d'esprit qui vous
comprend, au lieu que tous ces ânes de Prus-
siens n'entendent que leur chienne de langue.

— Il est donc Bohémien, lui ?

— Je me suis permis de lui faire cette question, et il m'a répondu *non* tout court , même
un peu sèchement. Aussi j'avais tort de l'interroger, lorsque son bon plaisir était de me
faire répondre.

— Est-il toujours masqué ?

— Seulement quant il s'approche de vous signora. Oh ! c'est un plaisant ! il veut sans doute vous intriguer. »

L'enjouement et la confiance de Karl ne rassuraient pas entièrement Consuelo. Elle voyait bien qu'il joignait à beaucoup de détermination et de bravoure, une droiture et une simplicité de cœur dont on pouvait aisément abuser. N'avait-il pas compté sur la bonne foi de Mayer ? Ne l'avait-il pas poussée elle-même dans la chambre de ce misérable ? Et maintenant il se soumettait aveuglément à un inconnu pour enlever Consuelo, et l'exposer peut-être à des séductions plus raffinées et plus dangereuses ! Elle se rappelait le billet des *invisibles* : « On te tend un piége, un « nouveau danger te menace. Méfie-toi « de quiconque t'engagerait à fuir avant que « nous t'ayons donné des avis certains. Per-

sévère dans ta force, etc. » Aucun autre
billet n'était venu confirmer celui-là, et
Consuelo, s'abandonnant à la joie de retrouver Karl, avait cru ce digne serviteur suffi-
samment autorisé à la servir. L'inconnu n'é-
tait-il pas un traître? Où la conduisait-il avec
tant de mystère? Consuelo ne se connaissait
pas d'ami dont la ressemblance pût s'accom-
moder à la brillante tournure du chevalier,
à moins que ce ne fût Frédéric de Trenck.
Mais Karl connaissait parfaitement ce dernier,
ce ne l'était donc pas. Le comte de Saint-Germain était plus âgé, Cagliostro moins grand.
A force de regarder de loin l'inconnu pour
tâcher de découvrir en lui un ancien ami,
Consuelo arriva à trouver qu'elle n'avait jamais vu personne marcher avec tant d'aisance
et de grâce. Albert seul eût été doué d'autant de
majesté; mais sa démarche lente et son abattement habituel excluaient cet air de force,

cette légèreté, cette allure chevaleresque qui
caractérisaient l'inconnu.

Le bois s'éclaircissait et les chevaux commençaient à trotter pour rejoindre les voyageurs qui les avaient devancés. Le chevalier,
sans se retourner, étendit les bras, et secoua
son mouchoir plus blanc que la neige. Karl
comprit ce signal, et fit remonter Consuelo en
voiture, en lui disant : « A propos, signora,
vous trouverez dans de grands coffres, sous
les banquettes, du linge, des vêtements, et
tout ce qu'il vous faudra pour déjeûner et
dîner au besoin. Il y a aussi des livres. Enfin,
il paraît que c'est une hôtellerie roulante, et
que vous n'en sortirez pas de sitôt.

« Karl, dit Consuelo, je te prie de demander
à M. le chevalier si je serai libre, lorsque nous
aurons passé la frontière, de lui faire mes re-
merciments et d'aller où bon me semblera.

— Oh ! signora, je n'oserai jamais dire une

chose si désobligeante à un homme si aimable !

« — C'est égal, je l'exige. Tu me rendras sa
réponse au prochain relais, puisqu'il ne veut
pas me parler. »

La réponse de l'inconnu fut que la voyageuse était parfaitement libre, et que tous ses
désirs seraient des ordres ; mais qu'il y allait
de son salut et de la vie de son guide, ainsi que
de celle de Karl, à ne pas contrarier les desseins qu'on avait sur sa route, et sur le choix
de son asile. Karl ajouta, d'un air de reproche
naïf, que cette méfiance avait paru faire bien
du mal au chevalier, et qu'il était devenu
triste et morne. Elle en eut des remords, et
lui fit dire qu'elle remettait son sort entre les
mains des *invisibles*.

La journée entière se passa sans aucun incident. Enfermée et cachée dans la voiture
comme un prisonnier d'État, Consuelo ne put

faire aucune conjecture sur la direction de
son voyage. Elle changea de toilette avec la
plus grande satisfaction ; car elle avait aperçu
au jour quelques gouttes du sang noir de
Mayer sur ses vêtements, et ces traces lui
faisaient horreur. Elle essaya de lire; mais
son esprit était trop préoccupé. Elle prit le
parti de dormir le plus possible, espérant oublier de plus en plus la mortification de sa
dernière aventure. Mais lorsque la nuit fut
venue, et que l'inconnu resta sur le siége,
elle éprouva une plus grande confusion encore. Évidemment il n'avait rien oublié, lui,
et sa respectueuse délicatesse rendait Consuelo plus ridicule et plus coupable encore à
ses propres yeux. En même temps elle s'affli-
geait du malaise et de la fatigue qu'il suppor-
tait sur ce siége, étroit pour deux personnes
côte à côte, lui qui paraissait si recherché,
avec un soldat fort proprement travesti en

domestique, à la vérité, mais dont la conversation confiante et prolixe pouvait bien lui pe-
ser à la longue ; enfin, exposé au frais de la
nuit et privé de sommeil. Tant de courage
ressemblait peut-être aussi à de la présomp-
tion, se croyait-il irrésistible ? Pensait-il que
Consuelo, revenue d'une première surprise
de l'imagination, ne se défendrait pas de sa
familiarité par trop paternelle ? La pauvre
enfant se disait tout cela pour consoler son
orgueil abattu ; mais le plus certain, c'est
qu'elle désirait le revoir, et craignait, par-
dessus tout, son dédain ou le triomphe d'un
excès de vertu qui les eût à jamais rendus
étrangers l'un à l'autre..

Vers le milieu de la nuit, on s'arrêta dans
une ravine. Le temps était sombre. Le bruit
du vent dans le feuillage ressemblait à celui
d'une eau courante : « Signora, dit Karl en
ouvrant la portière, nous voici arrivés au mo-

ment le moins commode de notre voyage : il
nous faut passer la frontière. Avec de l'audace
et de l'argent, on se tire de tout, dit-on. Cependant il ne serait pas prudent que vous fis-
siez cet essai par la grande route et sous l'œil
des gens de police. Je ne risque rien, moi qui
ne suis rien. Je vais conduire le carrosse au
pas, avec un seul cheval, comme si je menais
cette nouvelle acquisition chez mes maîtres,
à une campagne voisine. Vous, vous prendrez
la traverse avec monsieur le chevalier, et vous
passerez peut-être par des sentiers un peu
difficiles. Vous sentez-vous la force de faire
une lieue à pied sur de mauvais chemins ? »

Sur la réponse affirmative de Consuelo, elle
trouva le bras du chevalier prêt à recevoir le
sien. Karl ajouta : « Si vous arrivez avant moi
au lieu du rendez-vous, vous m'attendrez sans
crainte n'est-ce pas, signora ?

— Je ne crains rien, répondit Consuelo avec

un mélange de tendresse et de fierté envers
l'inconnu, puisque je suis sous la protection
de Monsieur. Mais, mon pauvre Karl, ajouta-
t-elle, n'y a-t-il point de danger pour toi? »

Karl haussa les épaules en baisant la main
de Consuelo; puis il courut procéder à l'ar-
rangement du cheval; et Consuelo partit aussitôt à travers champs avec son taciturne
protecteur.

2

Le temps s'obscurcissait de plus en plus ; le vent s'élevait toujours, et nos deux fugitifs marchaient péniblement depuis une demi-heure, tantôt sur des sentiers pierreux, tantôt dans les ronces et les longues herbes, lorsque la pluie se déclara soudainement avec une

violence extraordinaire. Consuelo n'avait pas
encore dit un mot à son compagnon ; mais le
voyant s'inquiéter pour elle et chercher un
abri, elle lui dit enfin : « Ne craignez rien
pour moi, monsieur ; je suis forte, et n'ai de
chagrin que celui de vous voir exposé à tant
de fatigues et de soucis pour une personne qui
ne vous est rien et qui ne sait comment vous
remercier. »

L'inconnu fit un mouvement de joie en
apercevant une masure abandonnée, dans un
coin de laquelle il réussit à mettre sa com-
pagne à couvert des torrents de pluie. La toi-
ture de cette ruine avait été enlevée, et l'espace abrité par un retour de la maçonnerie
était si exigu, qu'à moins de se placer tout
près de Consuelo, l'inconnu était forcé de recevoir la pluie. Il respecta pourtant sa situation, au point de s'éloigner d'elle pour lui
ôter toute crainte. Mais Consuelo ne put souf-

frir longtemps d'accepter tant d'abnégation.
Elle le rappela ; et, voyant qu'il persistait, elle
quitta son abri, en lui disant d'un ton qu'elle
s'efforça de rendre enjoué : « Chacun son
tour, monsieur le chevalier ; je puis bien me
mouiller un peu. Vous allez prendre ma
place, puisque vous refusez d'en prendre
votre part. »

Le chevalier voulut reconduire Consuelo à
cette place qui faisait l'objet d'un combat de
générosité ; mais elle lui résista : « Non, dit-
elle, je ne vous céderai pas. Je vois bien que
je vous ai offensé aujourd'hui en exprimant
le désir de vous quitter à la frontière. Je dois
expier mes torts. Je voudrais qu'il m'en coûtât
un bon rhume ! »

Le chevalier céda, et se mit à l'abri. Consuelo, sentant bien qu'elle lui devait une
grande réparation, vint s'y placer à ses côtés,
quoiqu'elle fût humiliée d'avoir peut-être

l'air de lui faire des avances ; mais elle aimait
mieux lui paraître légère qu'ingrate, et elle
voulut s'y résigner, en expiation de son tort.
L'inconnu la comprit si bien, qu'il resta aussi
éloigné d'elle que pouvait le permettre un espace de deux ou trois pieds carrés. Appuyé
sur les gravois, il affectait même de détourner
la tête, pour ne pas l'embarrasser et ne pas se
montrer enhardi par sa sollicitude. Consuelo
admirait qu'un homme condamné au mutisme,
et qui l'y condamnait elle-même jusqu'à un
certain point, la devinât si bien, et se fît si bien
comprendre. Chaque instant augmentait son
estime pour lui ; et cette estime singulière lui
causait de si forts battememts de cœur, qu'elle
pouvait à peine respirer dans l'atmosphère
embrasée par la respiration de cet homme in-
compréhensiblement sympathique.

Au bout d'un quart d'heure, l'averse s'a-
paisa au point de permettre aux deux voya-

geurs de se remettre en route ; mais les sentiers détrempés étaient devenus presque im-
praticables pour une femme. Le chevalier
souffrit quelques instants, avec sa contenance
impassible, que Consuelo glissât et se retînt à
lui pour ne pas tomber à chaque pas. Mais,
tout-à-coup, las de la voir se fatiguer, il la
prit dans ses bras, et l'emporta comme un
enfant, quoiqu'elle lui en fît des reproches ;
mais ces reproches n'allaient pas jusqu'à la
résistance. Consuelo se sentait fascinée et do-
minée. Elle traversait le vent et l'orage, emportée par ce sombre cavalier, qui ressemblait à l'esprit de la nuit, et qui franchissait
ravins et fondrières, avec son fardeau, d'un
pas aussi rapide et aussi assuré que s'il eût été
d'une nature immatérielle. Ils arrivèrent ainsi
au gué d'une petite rivière. L'inconnu s'é-
lança dans l'eau en élevant Consuelo dans ses

bras, à mesure que le gué devenait plus profond.

Malheureusement, cette trombe de pluie si
épaisse et si soudaine avait enflé le cours du
ruisseau, qui était devenu un torrent, et qui
courait, trouble et couvert d'écume, avec un
murmure sourd et sinistre. Le chevalier en
avait déjà jusqu'à la ceinture ; et dans l'effort
qu'il faisait pour soutenir Consuelo au-dessus
de la surface, il était à craindre que ses pieds
engagés dans la vase ne vinssent à fléchir.
Consuelo eut peur pour lui : « Lâchez-moi,
dit-elle, je sais nager. Au nom du ciel, lâchez-
moi ! L'eau augmente toujours, vous allez
vous noyer ! »

En ce moment, un coup de vent furieux
abattit un des arbres du rivage vers lequel
nos voyageurs se dirigeaient, ce qui entraîna
l'éboulement d'énormes masses de terre et de
pierres qui semblèrent, pour un instant, op-

poser une digue naturelle à la violence du
courant. L'arbre était heureusement tombé en
sens inverse de la rivière, et l'inconnu commençait à respirer, lorsque l'eau, se frayant
un passage entre les obstacles qui l'encom-
braient, se resserra en un courant d'une telle
force qu'il lui devint à peu près impossible
de lutter davantage. Il s'arrêta, et Consuelo
essaya de se dégager de ses bras. « Laissez-
moi, dit-elle, je ne veux pas être cause de
votre perte. J'ai de la force et du courage,
moi aussi! laissez-moi lutter avec vous. »

Mais le chevalier la serra contre son cœur
avec une nouvelle énergie. On eût dit qu'il
avait dessein de périr là avec elle. Elle eut
peur de ce masque noir, de cet homme silencieux qui, comme les ondins des antiques bal-
lades allemandes, semblait vouloir l'entraîner
dans le gouffre. Elle n'osa plus résister. Pendant plus d'un quart d'heure, l'inconnu com-

battit contre la fureur du flot et du vent, avec
une froideur et une obstination vraiment ef-
frayantes, soutenant toujours Consuelo au-
dessus de l'eau, et gagnant un pied de terrain
en quatre ou cinq minutes. Il jugeait sa situation avec calme. Il lui était aussi difficile de
reculer que d'avancer ; il avait passé l'endroit
le plus profond, et il sentait que, dans le mouvement qu'il serait forcé de faire pour se retourner, l'eau pourrait le soulever et lui faire
perdre pied. Il atteignit enfin la rive, et continua sa marche sans permettre à Consuelo de
marcher elle-même, et sans reprendre haleine,
jusqu'à ce qu'il eût entendu le sifflet de Karl
qui l'attendait avec anxiété. Alors il déposa son
précieux fardeau dans les bras du déserteur,
et tomba anéanti sur le sable. Sa respiration
ne s'exhalait plus qu'en sourds gémissements;
on eût dit que sa poitrine allait se briser.

« O mon Dieu, Karl, il va mourir ! dit Consuelo en se jetant sur le chevalier. Vois ! c'est le râle de la mort. Otons-lui ce masque qui l'étouffe... » Karl, allait obéir ; mais l'inconnu, soulevant avec effort sa main glacée, arrêta celle du déserteur. « C'est juste ! dit Karl ; mon serment, signora. Je lui ai juré que quand même il mourrait sous vos yeux, je ne toucherais pas à son masque. Courez à la voiture, signora, apportez-moi ma gourde d'eau-de-vie, qui est sur le siége, quelques gouttes le ranimeront. » Consuelo voulut se lever, mais le chevalier la retint. S'il devait mourir, il voulait expirer à ses pieds. « C'est encore juste, dit Karl, qui, malgré sa rude enveloppe, comprenait les mystères de l'amour (il avait aimé) ! Vous le soignerez mieux que moi. Je vais chercher la gourde. Tenez, signora, ajouta-t-il à voix basse, je crois bien que si vous l'aimiez un peu, et que si vous aviez la charité de le lui dire, il ne se laisserait pas mourir. Sans cela, je ne réponds de rien. »

Karl s'en alla en souriant. Il ne partageait pas tout à fait l'effroi de Consuelo ; il voyait bien que déjà la suffocation du chevalier commençait à s'alléger. Mais Consuelo épouvantée, et croyant assister aux derniers moments de cet homme généreux, l'entoura de ses bras et couvrit de baisers le haut de son large front, seule partie de son visage que le masque laissât à découvert. « O mon Dieu, dit-elle; ôtez cela ; je ne vous regarderai pas, je m'éloignerai ; au moins vous pourrez respirer. » L'inconnu prit les deux mains de Consuelo, et les posa sur sa poitrine haletante, autant pour en sentir la douce chaleur que pour lui ôter l'envie de le soulager en découvrant son visage. En ce moment, toute l'âme de la jeune fille était dans cette chaste étreinte. Elle se rappela ce que Karl lui avait dit d'un air moitié goguenard, moitié attendri. « Ne mourez pas, dit-elle à l'inconnu; oh! ne vous laissez pas mourir; ne sentez-vous donc pas bien que je vous aime?

Elle n'eut pas plutôt dit ces paroles, qu'elle crut les avoir dites dans un rêve. Mais elles s'étaient échappées de ses lèvres, comme malgré elle. Le chevalier les avait entendues. Il fit un effort pour se soulever, se mit sur ses genoux, et embrassa ceux de Consuelo, qui fondit en larmes sans savoir pourquoi.

Karl revint avec sa gourde. Le chevalier repoussa ce spécifique favori du déserteur, et, s'appuyant sur lui, gagna la voiture, où Consuelo s'assit à ses côtés. Elle s'inquiétait beaucoup du froid que devaient lui causer ses vêtements mouillés. « Ne craignez rien, signora, dit Karl, M. le chevalier n'a pas eu le temps de se refroidir. Je vais lui mettre sur le corps mon manteau, que j'ai eu soin de serrer dans la voiture quand j'ai vu venir la pluie;

car je me suis bien douté que l'un de vous se
mouillerait. Quand on s'enveloppe de vêtements bien secs et bien épais sur des habits
mouillés, on peut conserver assez longtemps
la chaleur. On est comme dans un bain tiède,
et ce n'est pas malsain.

« Mais toi, Karl, fais de même, dis Consuelo; prends mon mantelet, car tu t'es mouillé
pour nous préserver.

— Oh! moi, dit Karl, j'ai la peau plus
épaisse que vous autres. Mettez encore le mantelet sur le chevalier. Empaquetez-le bien; et
moi, dussé-je crever ce pauvre cheval, je vous
conduirai jusqu'au relais sans m'engourdir en
chemin. »

Pendant une heure Consuelo tint ses bras
enlacés autour de l'inconnu ; et sa tête, qu'il
avait attirée sur son sein, y ramena la chaleur
de la vie mieux que toutes les recettes et les
prescriptions de Karl. Elle interrogeait quel-

quefois son front, et le réchauffait de son haleine, pour que la sueur dont il était baigné
ne s'y refroidît pas. Lorsque la voiture s'arrêta, il la pressa contre son cœur avec une
force qui lui prouva bien qu'il était dans toute
la plénitude de la vie et du bonheur. Puis il
descendit précipitamment le marche-pied, et
disparut.

Consuelo se trouva sous une espèce de han-
gar, face à face avec un vieux serviteur, à
demi paysan qui portait une lanterne sourde,
et qui la conduisit, par un sentier bordé de
haies, le long d'une maison de médiocre apparence, jusqu'à un pavillon, dont il referma la
porte derrière elle, après l'y avoir fait entrer
sans lui. Voyant une seconde porte ouverte,
elle pénétra dans un petit appartement fort
propre et fort simple, composé de deux pièces : une chambre à coucher bien chauffée,
avec un bon lit tout préparé, et une autre pièce

éclairée à la bougie et munie d'un souper confortable. Elle remarqua avec chagrin qu'il n'y avait qu'un couvert; et lorsque Karl vint lui apporter ses paquets et lui offrir ses services pour la table, elle n'osa pas lui dire que tout ce qu'elle souhaitait, c'eût été la compagnie de son protecteur pour souper. « Va manger et dormir toi-même, mon bon Karl, dit-elle, je n'ai besoin de rien. Tu dois être plus fatigué que moi.

— Je ne suis pas plus fatigué que si je venais de dire mes prières au coin du feu avec ma pauvre femme, à qui Dieu fasse paix! Oh! c'est pour le coup que j'ai baisé la terre quand je me suis vu encore une fois hors de Prusse, quoiqu'en vérité je ne sache pas si nous sommes en Saxe, en Bohême, en Pologne, ou *en Chine*, comme on disait chez M. le comte Hoditz à Roswald.

— Et comment est-il possible, Karl, que,

voyageant sur le siège de la voiture, tu n'aies pas reconnu dans la journée un seul des endroits où nous avons passé?

— C'est qu'apparemment je n'ai jamais fait cette route-là, signora ; et puis, c'est que je ne sais pas lire ce qui est écrit sur les murs et sur les poteaux ; et enfin que nous ne nous sommes arrêtés dans aucune ville ni village, et que nous avons toujours pris nos relais dans quelque bois ou dans la cour de quelque maison particulière. Enfin il y a une quatrième raison, c'est que j'ai donné ma parole d'honneur à M. le chevalier de ne pas vous le dire, signora.

— C'est par cette raison-là que tu aurais dû commencer, Karl ; je ne t'aurais pas fait d'objections. Mais, dis-moi, le chevalier te paraît-il malade?

— Nullement, signora, il va et vient dans la maison, où véritablement il ne me semble

pas avoir de grandes affaires , car je n'y aper-
çois d'autre figure que celle d'un vieux jardinier peu causeur.

— Va donc lui offrir tes services, Karl.
Cours, laisse-moi.

— Eh bien, occupe-toi de toi-même , mon
ami, et fais de bons rêves sur ta liberté. »

Consuelo se coucha aux premières lueurs
du matin ; et lorsqu'elle fut relevée et habil-
lée, sa montre marqua deux heures. La journée paraissait claire et brillante. Elle essaya
d'ouvrir les persiennes ; mais dans l'une et
l'autre pièce elle les trouva fermées par un
secret, comme celles de la chaise de poste où
elle avait voyagé. Elle essaya de sortir ; les
portes étaient verrouillées en dehors. Elle revint à la fenêtre, et distingua les premiers
plans d'un verger modeste. Rien n'annonçait
le voisinage d'une ville ou d'une route fré-
quentée. Le silence était complet dans la

maison ; au dehors il n'était troublé que par le bourdonnement des insectes , le roucoulement des pigeons sur le toit, et de temps en temps par le cri plaintif d'une roue de brouette dans les allées où son regard ne pouvait plonger. Elle écouta machinalement ces bruits agréables à son oreille, si longtemps privée des échos de la vie rustique. Consuelo était encore prisonnière, et tous les soins qu'on prenait pour lui cacher sa situation lui donnaient bien quelque inquiétude. Mais elle se fût résignée pour quelque temps à une captivité dont l'aspect était si peu farouche, et l'amour du chevalier ne lui causait pas là même horreur que celui de Mayer.

Quoique le fidèle Karl lui eût recommandé de sonner aussitôt qu'elle serait levée, elle ne voulut pas le déranger, jugeant qu'il avait besoin d'un plus long repos qu'elle. Elle craignait surtout de réveiller son autre compa-

gnon de voyage, dont la fatigue devait être
excessive. Elle passa dans la pièce attenante à
sa chambre, et à la place du repas de la veille,
qui avait été enlevé sans qu'elle s'en aperçût,
elle trouva la table chargée de livres et des objets nécessaires pour écrire.

Les livres la tentèrent peu ; elle était trop
agitée pour en faire usage, et comme au milieu de ses perplexités elle trouvait un irrésistible plaisir à se retracer les évènements de la
nuit précédente, elle ne fit aucun effort pour
s'en distraire. Peu à peu l'idée lui vint, puisqu'elle était toujours tenue au secret, de continuer son journal, et elle écrivit pour préam-
bule cette page sur une feuille volante.

« Cher Beppo, c'est pour toi seul que je
reprendrai le récit de mes bizares aventures. Habituée à te parler avec l'expansion
qu'inspire la conformité des âges et le rapport

des idées, je pourrai te confier des émotions
que mes autres amis ne comprendraient pas,
et qu'ils jugeraient sans doute plus sévère-
ment que toi. Ce début te fera deviner que je
ne me sens pas exempte de torts; j'en ai à mes
propres yeux, bien que j'en ignore jusqu'à
présent la portée et les conséquences.

« Joseph, avant de te raconter comment je
me suis enfuie de Spandaw (ce qui, en vérité,
ne me paraît presque plus rien au prix de ce
qui m'occupe maintenant), il faut que je te
dise.., comment te le dirais-je?... je ne le
sais pas moi-même. Est-ce un rêve que j'ai
fait? Je sens pourtant que ma tête brûle et
que mon cœur tressaille, comme s'il voulait
s'élancer hors de moi et se perdre dans une
autre âme... Tiens, je te le dirai tout simplement, car tout est dans ce mot, mon cher
ami, mon bon camarade, j'aime!

« J'aime un inconnu, un homme dont je

n'ai pas vu la figure et je n'ai pas entendu la
voix. Tu vas dire que je suis folle, tu auras
bien raison : l'amour n'est-il pas une folie
sérieuse? Écoute, Joseph, et ne doute pas de
mon bonheur qui surpasse toutes les illusions
de mon premier amour de Venise, un bonheur si enivrant qu'il m'empêche de sentir la
honte de l'avoir si vite et si follement accepté,
la crainte d'avoir mal placé mon affection,
celle même de ne pas être payée de retour...
Oh! c'est que je suis aimée, je le sens si bien!..
Sois certain que je ne me trompe pas, et que
j'aime, cette fois, véritablement, oserai-je dire
éperdument? Pourquoi non? l'amour nous
vient de Dieu. Il ne dépend pas de nous de
l'allumer dans notre sein, comme nous allu-
merions un flambeau sur l'autel. Tous mes
efforts pour aimer Albert (celui dont je ne
trace plus le nom qu'en tremblant!) n'avaient
pas réussi à faire éclore cette flamme ardente

et sacrée ; depuis que je l'ai perdu, j'ai aimé son souvenir plus que je n'avais aimé sa per - sonne. Qui sait de quelle manière je pourrais l'aimer, s'il m'était rendu ?... »

A peine Consuelo eut-elle tracé ces derniers mots, qu'elle les effaça, pas assez peut-être pour qu'on ne pût les lire encore, mais assez pour se soustraire à l'effroi de les avoir eus dans la pensée. Elle était vivement excitée; et la vérité de son inspiration amoureuse se trahissait, malgré elle, dans ce qu'elle avait de plus intime. Elle voulut en vain continuer d'écrire, afin de mieux s'expliquer à elle-même le mystère de son propre cœur. Elle ne trouvait rien à dire pour en rendre la nuance délicate que ces terribles mots : « Qui sait comment je pourrais aimer Albert, s'il m'était rendu ? »

Consuelo ne savait pas mentir; elle avait

cru aimer d'amour le souvenir d'un mort ;
mais elle sentait la vie déborder de son sein,
et une passion réelle anéantir une passion
imaginaire.

Elle essaya de relire tout ce qu'elle venait
d'écrire, pour sortir de ce désordre d'esprit.
En le relisant, elle n'y trouva précisément que
désordre ; et, désespérant de pouvoir goûter
assez de calme pour se résumer, sentant que
cet effort lui donnait la fièvre, elle froissa
dans ses mains la feuille écrite, et la jeta sur
la table, en attendant qu'elle pût la brûler.
Tremblante comme une âme coupable, le visage en feu, elle marchait avec agitation, et ne
se rendait plus compte de rien, sinon qu'elle
aimait, et qu'il ne dépendait plus d'elle d'en
douter.

On frappa à la porte de sa chambre à coucher, et elle rentra pour ouvrir à Karl. Il avait
la figure échauffée, l'œil troublé, la mâchoire

un peu lourde. Elle le crut malade de fatigue ;
mais elle comprit bientôt, à ses réponses, qu'il
avait un peu trop fêté, le matin en arrivant, le
vin ou la bière de l'hospitalité. C'était là le
seul défaut du pauvre Karl. Une certaine dose
le rendait confiant à l'excès ; une dose plus
forte pouvait le rendre terrible. Heureusement
il s'était tenu à la dose de l'expansion et de la
bienveillance, et il lui en restait quelque
chose, même après avoir dormi toute la journée. Il raffolait de M. le chevalier, il ne pouvait pas parler d'autre chose. M. le chevalier
était si bon, si humain, si peu fier avec le
pauvre monde ! Il avait fait asseoir Karl vis-à-
vis de lui, au lieu de lui permettre de le servir
à table, et il l'avait contraint de partager son
repas, et il lui avait versé du meilleur vin,
trinquant avec lui à chaque verre, et lui tenant
tête comme un vrai Slave. « Quel dommage
que ce ne soit qu'un Italien ! disait Karl : il

mériterait bien d'être Bohême ; il porte aussi
bien le vin que moi-même.

— Ce n'est peut-être pas beaucoup dire,
répondit Consuelo, peu flattée de cette grande
aptitude du chevalier à boire avec les valets.
Mais elle se reprocha aussitôt de pouvoir considérer Karl comme inférieur à elle ou à ses
amis, après les services qu'il lui avait rendus.
D'ailleurs, c'était, sans doute, pour entendre
parler d'elle que le chevalier avait recherché
la société de ce serviteur dévoué. Les discours
de Karl lui firent voir qu'elle ne se trompait
pas.

— Oh ! signora, ajouta-t-il naïvement, ce
digne jeune homme vous aime comme un fou,
il ferait pour vous des crimes, des bassesses
même !

— Je l'en dispenserais fort, répondit Consuelo, à qui ces expressions déplurent quoique, sans doute, Karl n'en comprît pas la por-

tée. Pourrais-tu m'expliquer, lui dit-elle pour changer de propos, pourquoi je suis si bien enfermée ici ?

— Oh ! pour cela, signora, si je le savais, on me couperait la langue plutôt que de me le faire dire ; car j'ai donné ma parole d'honneur au chevalier de ne répondre à aucune de vos questions.

— Grand merci, Karl ! Ainsi tu aimes beaucoup mieux le chevalier que moi ?

— Oh ! jamais ! Je ne dis pas cela ; mais puisqu'il m'a prouvé que c'était dans vos intérêts, je dois vous servir malgré vous.

— Comment t'a-t-il prouvé cela ?

— Je n'en sais rien ; mais j'en suis bien persuadé. De même, signora, qu'il m'a chargé de vous enfermer, de vous surveiller, de vous tenir prisonnière, au secret, en un mot, jusqu'à ce que nous soyons arrivés.

— Nous ne restons donc pas ici ?

— Nous repartons dès la nuit. Nous ne voyagerons plus le jour, pour ne pas vous fatiguer, et pour d'autres raisons que je ne sais pas.

— Et tu vas être mon geôlier tout ce temps?

— Comme vous dites, signora; j'ai juré sur l'Évangile.

— Allons ! M. le chevalier est facétieux. J'en prends mon parti, Karl; j'aime mieux avoir affaire à toi qu'à M. Schwartz.

— Et je vous garderai un peu mieux, répondit Karl en riant d'un air de bonhomie. Je vais, pour commencer, faire préparer votre dîner, signora ?

— Je n'ai pas faim, Karl.

— Oh! ce n'est pas possible : il faut que vous dîniez, et que vous dîniez très bien, signora, c'est ma consigne; c'est ma consigne, comme disait maître Schwartz.

—Si tu l'imites en tout, tu ne me forceras

pas à manger. Il était fort aise de me faire payer, le lendemain, le dîner de la veille qu'il me réservait consciencieusement.

— Cela faisait ses affaires. Avec moi c'est différent, par exemple. Les affaires regardent M. le chevalier. Il n'est pas avare, celui-là; il verse l'or à pleines mains. Il faut qu'il soit fièrement riche, ou bien son patrimoine n'ira pas loin.

Consuelo se fit apporter une bougie, et rentra dans la pièce voisine pour brûler son écrit. Mais elle le chercha en vain; il lui fut impossible de le retrouver.

3

Peu d'instants après, Karl rentra avec une lettre dont l'écriture était inconnue à Consuelo et dont voici à peu près le contenu :

« Je vous quitte pour ne vous revoir peut-être jamais. Je renonce à trois jours que j'aurais pu passer encore auprès de vous, trois jours que je ne retrouverai peut-être pas dans toute ma vie ! J'y renonce volontairement. Je le dois. Vous apprécierez un jour la sainteté de mon sacrifice.

« Oui, je vous aime, je vous aime *éperdument*, moi aussi ! Je ne vous connais pourtant guère plus que vous ne me connaissez. Ne me sachez donc aucun gré de ce que j'ai fait pour vous. J'obéissais à des ordres suprêmes, j'accomplissais le devoir de ma charge. Ne me tenez compte que de l'amour que j'ai pour vous, et que je ne puis vous prouver qu'en m'éloignant. Cet amour est violent autant qu'il est respectueux. Il sera aussi durable qu'il a été subit et irréfléchi. J'ai à peine vu vos traits, je ne sais rien de votre vie ; mais j'ai senti que mon âme vous appartenait, et que je ne pourrais jamais la reprendre. Votre passé fût-il aussi souillé que votre front est pur, vous ne m'en serez pas moins respectable et chère. Je

m'en vais le cœur plein d'orgueil, de joie et
d'amertume. Vous m'aimez! Comment sup-
porterai-je l'idée de vous perdre, si la terrible volonté qui dispose de vous et de moi m'y
condamne ?... Je l'ignore. En ce moment je
ne puis pas être malheureux, malgré mon
épouvante, je suis trop énivré de votre amour
et du mien pour souffrir. Dussé-je vous chercher en vain toute ma vie, je ne me plaindrai pas
de vous avoir rencontrée, et d'avoir goûté dans
un baiser de vous un bonheur qui me laissera
d'éternels regrets. Je ne pourrai pas non plus
perdre l'espérance de vous retrouver un jour ;
et ne fut-ce qu'un instant, n'eussé-je jamais
d'autre témoignage de votre amour que ce
baiser si saintement donné et rendu, je me
trouverai encore cent fois plus heureux que je
ne l'avais été avant de vous connaître.

« Et maintenant, sainte fille, pauvre âme
troublée, rappelle-toi aussi sans honte et sans

effroi ces courts et divins moments où tu as
senti mon amour passer dans ton cœur. Tu
l'as dit, l'amour nous vient de Dieu, et il ne
dépend pas de nous de l'étouffer ou de l'allumer malgré lui. Fussé-je indigne de toi, l'inspiration soudaine qui t'a forcée de répondre à
mon étreinte n'en serait pas moins céleste. Mais
la Providence qui te protége, n'a pas voulu que
le trésor de ton affection tombât dans la fange
d'un cœur égoïste et froid. Si j'étais ingrat,
ce ne serait de ta part qu'un noble instinct
égaré, qu'une sainte inspiration perdue : je t'a-
dore, et, quel que je sois, d'ailleurs, tu ne t'es
pas fait d'illusion en te croyant aimée. Tu n'as
pas été profanée par le battement de mon
cœur, par l'appui de mon bras, par le souffle
de mes lèvres. Notre mutuelle confiance, notre
foi aveugle, notre impérieux élan nous a éle-
vés en un instant à l'abandon sublime que
sanctifie une longue passion. Pourquoi le re-

gretter? Je sais bien qu'il y a quelque chose
d'effrayant dans cette fatalité qui nous a pous-
sés l'un vers l'autre. Mais c'est le doigt de
Dieu, vois-tu? Nous ne pouvons pas le mé-
connaître, J'emporte ce terrible secret. Garde-
le aussi, ne le confie à personne. *Beppo* ne le
comprendrait peut-être pas. Quel que soit cet
ami, moi seul puis te respecter dans ta folie et te
vénérer dans ta faiblesse, puisque cette faiblesse et cette folie sont les miennes. Adieu!
c'est peut-être un adieu éternel. Et pourtant je
suis libre selon le monde, il me semble que tu
l'es aussi. Je ne puis aimer que toi, et vois bien
que tu n'en aimes pas un autre... Mais notre
sort ne nous appartient plus. Je suis en-
gagé par des vœux éternels, et tu vas l'être
sans doute bientôt ; du moins tu es au pouvoir
des invisibles, et c'est un pouvoir sans appel.
Adieu donc... mon sein se déchire, mais Dieu
me donnera la force d'accomplir ce sacrifice,

et de plus rigoureux encorè s'il en existe. Adieu... Adieu! O grand Dieu, ayez pitié de moi! »

Cette lettre sans signature était d'une écriture pénible ou contrefaite.

« Karl! s'écria Consuelo pâle et tremblante, c'est bien le chevalier qui t'a remis ceci?

— Oui, signora.

— Et il l'a écrit lui-même?

— Oui, signora, et non sans peine. Il a la main droite blessée.

— Blessée, Karl? gravement?

— Peut-être. La blessure est profonde, quoiqu'il ne paraisse guère y songer.

— Mais où s'est-il blessé ainsi?

— La nuit dernière, au moment où nous changions de chevaux, avant de gagner la frontière, le cheval de brancard a voulu s'emporter avant que le postillon fût monté sur son porteur. Vous étiez seule dans la voiture; le

postillon et moi étions à quatre ou cinq pas.
Le chevalier a retenu le cheval avec la force
d'un diable et le courage d'un lion, car c'était
un terrible animal...

— Oh! oui, j'ai senti de violentes secous-
ses. Mais tu m'as dit que ce n'était rien.

— Je n'avais pas vu que M. le chevalier s'é-
tait fendu le dos de la main contre une bou-
cle du harnais.

— Toujours pour moi! Et dis-moi Karl!
est-ce que le chevalier a quitté cette maison ?

— Pas encore, signora; mais on selle son
cheval, et je viens de faire son porte-man-
teau. Il dit que vous n'avez rien à craindre
maintenant, et la personne qui doit le rem-
placer auprès de vous est déjà arrivée. J'espère que nous le reverrons bientôt, car j'aurais bien du chagrin qu'il en fût autrement.
Cependant il ne s'engage à rien, et à toutes
mes questions il répond : *Peut-être !*

« — Karl ! où est le chevalier ?

— Je n'en sais rien ; signora. Sa chambre est par ici. Voulez-vous que je lui dise de votre part...

— Ne lui dis rien, je vais écrire. Non... dis-lui que je veux le remercier... le voir un instant, lui presser la main seulement... Va, dépêche-toi, je crains qu'il ne soit déjà parti. »

Karl sortit ; et Consuelo se repentit aussitôt de lui avoir confié ce message. Elle se dit que si le chevalier ne s'était jamais tenu près d'elle durant ce voyage que dans le cas d'absolue nécessité, ce n'était pas sans doute sans en avoir pris l'engagement avec les bizarres et redoutables invisibles. Elle résolut de lui écrire ; mais à peine avait-elle tracé et déjà effacé quelques mots, qu'un léger bruit lui fit lever les yeux. Elle vit alors glisser un pan de boiserie qui faisait une porte secrète de commu-

nication avec le cabinet où elle avait déjà écrit
et une pièce voisine, sans doute celle qu'occupait le chevalier. La boiserie ne s'écarta cependant qu'autant qu'il le fallait pour le passage d'une main gantée qui semblait appeler
celle de Consuelo. Elle s'élança et saisit cette
main en disant : « L'autre main, la main
blessée ! » L'inconnu s'effaçait derrière le
panneau de manière à ce qu'elle ne pût le
voir. Il lui passa sa main droite, dont Consuelo
s'empara, et défaisant précipitamment la li-
gature, elle vit la blessure qui était profonde
en effet. Elle y porta ses lèvres et l'enveloppa
de son mouchoir; puis tirant de son sein la
petite croix en filigrane qu'elle chérissait su-
perstitieusement, elle la mit dans cette belle
main dont la blancheur était rehaussée par la
pourpre du sang : » Tenez, dit-elle, voici ce
que je possède de plus précieux au monde,
c'est l'héritage de ma mère, mon porte-bon-

heur qui ne m'a jamais quitté. Je n'avais jamais aimé personne au point de lui confier ce trésor. Gardez-le jusqu'à ce que je vous retrouve. »

L'inconnu attira la main de Consuelo derrière la boiserie qui le cachait, et la couvrit de baisers et de larmes. Puis , au bruit des pas de Karl, qui venait chez lui remplir son message, il la repoussa, et referma précipitamment la boiserie. Consuelo entendit le bruit d'un verrou. Elle écouta en vain, espérant saisir le son de la voix de l'inconnu. Il parlait bas , ou il s'était éloigné.

Karl revint chez Consuelo peu d'instants après. « Il est parti, signora, dit-il tristement; parti sans vouloir vous faire ses adieux, et en remplissant mes poches de je ne sais combien de ducats, pour les besoins imprévus de votre voyage, à ce qu'il a dit, vu que les dépenses régulières sont à la charge de ceux... à la

charge de Dieu ou du diable, n'importe ! Il y
a là un petit homme noir qui ne desserre les
dents que pour commander d'un ton clair et
sec, et qui ne me plaît pas le moins du monde;
c'est lui qui remplace le chevalier , et j'aurai
l'honneur de sa compagnie sur le siége, ce qui
ne me promet pas une conversation fort en-
jouée. Pauvre chevalier ! fasse le ciel qu'il
nous soit rendu !

— Mais sommes-nous donc obligés de suivre ce petit homme noir ?

— On ne peut plus obligés, signora. Le
chevalier m'a fait jurer que je lui obéirais
comme à lui-même. Allons, signora, voilà votre dîner. Il ne faut pas le bouder, il a bonne
mine. Nous partons à la nuit pour ne plus
nous arrêter qu'où il plaira... à Dieu ou au
diable, comme je vous le disais tout à l'heure. »

Consuelo, abattue et consternée , n'écouta
plus le babil de Karl. Elle ne s'inquiéta de

rien quant à son voyage et à son nouveau
guide. Tout lui devenait indifférent, du moment que le cher inconnu l'abandonnait. En
proie à une tristesse profonde, elle essaya machinalement de faire plaisir à Karl en goûtant
à quelques mets. Mais ayant plus d'envie de
pleurer que de manger, elle demanda une
tasse de café pour se donner au moins un peu
de force et de courage physique. Le café lui
fut apporté. « Tenez, signora, dit Karl, le
petit monsieur a voulu le préparer lui-même,
afin qu'il fût excellent. Cela m'a tout l'air d'un
ancien valet de chambre ou d'un maître d'hôtel, et, après tout, il n'est pas si diable qu'il
est noir ; je crois qu'au fond c'est un bon enfant, quoiqu'il n'aime pas à causer. Il m'a fait
boire de l'eau-de-vie de cent ans au moins, la
meilleure que j'aie jamais bue. Si vous vouliez en essayer un peu, cela vous vaudrait

mieux que ce café, quelque succulent qu'il puisse être...»

— Mon bon Karl, va-t'en boire tout ce que tu voudras, et laisse-moi tranquille, dit Consuelo en avalant son café, dont elle ne songea guère à apprécier la qualité.

A peine se fut-elle levée de table, qu'elle se sentit accablée d'une pesanteur d'esprit extraordinaire. Lorsque Karl vint lui dire que la voiture était prête, il la trouva assoupie sur sa chaise. « Donne-moi le bras, lui dit-elle, je ne me soutiens pas. Je crois bien que j'ai la fièvre. »

Elle était si anéantie qu'elle vit confusément la voiture, son nouveau guide, et le concierge de la maison, auquel Karl ne put rien faire accepter de sa part. Dès qu'elle fut en route, elle s'endormit profondément. La voiture avait été arrangée et garnie de coussins comme un lit. A partir de ce moment. Consuelo n'eut

plus conscience de rien. Elle ne sut pas combien de temps durait son voyage ; elle ne remarqua même pas s'il faisait jour ou nuit, si
elle faisait halte ou si elle marchait sans inter-
ruption. Elle aperçut Karl une ou deux fois à
la portière, et ne comprit ni ses questions ni
son effroi. Il lui sembla que le petit homme
lui tâtait le pouls, et lui faisait avaler une potion rafraîchissante, en disant : « Ce n'est
rien, madame va très bien. » Elle éprouvait
pourtant un malaise vague, un abattement insurmontable. Ses paupières appesanties ne
pouvaient laisser passer son regard, et sa
pensée n'était pas assez nette pour se rendre
compte des objets qui frappaient sa vue. Plus
elle dormait, plus elle désirait dormir. Elle ne
songeait pas seulement à se demander si elle
était malade, et elle ne pouvait répondre à
Karl que les derniers mots qu'elle lui avait
dits : « Laisse-moi tranquille, bon Karl. »

Enfin elle se sentit un peu plus libre de corps et d'esprit, et, regardant autour d'elle, elle comprit qu'elle était couchée dans un excellent lit, entre quatre vastes rideaux de satin blanc à franges d'or. Le petit homme du voyage, masqué de noir comme le chevalier, lui faisait respirer un flacon qui semblait dissiper les nuages de son esprit, et faire succéder la clarté du jour au brouillard dont elle était enveloppée.

« Êtes-vous médecin, monsieur? dit-elle enfin avec un peu d'effort.

— Oui, madame la comtesse, j'ai cet honneur, répondit-il d'une voix qui ne lui sembla pas tout à fait inconnue.

— Ai-je été malade?

— Seulement un peu indisposée. Vous devez vous trouver beaucoup mieux?

— Je me sens bien, et je vous remercie de vos soins.

— Je vous présente mes devoirs, et ne pa-
raîtrai plus devant Votre Seigneurie qu'elle ne
me fasse appeler pour cause de maladie.

— Suis-je arrivée au terme de mon voyage?

— Oui, madame.

— Suis-je libre ou prisonnière?

— Vous êtes libre, madame la comtesse,
dans toute l'enceinte réservée à votre habitation.

— Je comprends, je suis dans une grande
et belle prison, dit Consuelo en regardant sa
chambre vaste et claire, tendue de lampas
blanc à ramages d'or, et relevée de boiseries
magnifiquement sculptées et dorées. Pourrai-
je voir Karl?

— Je l'ignore, madame, je ne suis pas le
maître ici. Je me retire; vous n'avez plus besoin de mon ministère; et il m'est défendu de
céder au plaisir de causer avec vous. »

L'homme noir sortit; et Consuelo, encore

faible et nonchalante, essaya de se lever. Le seul vêtement qu'elle trouva sous sa main fut une longue robe en étoffe de laine blanche, d'un tissu merveilleusement souple, ressemblant assez à la tunique d'une dame romaine. Elle la prit, et en fit tomber un billet sur lequel était écrit en lettres d'or : « *Ceci est la robe sans tache des néophytes. Si ton âme est souillée, cette noble parure de l'innocence sera pour toi la tunique dévorante de Déjanire.* »

Consuelo habituée à la paix de sa conscience (peut-être même à une paix trop profonde), sourit et passa la belle robe avec un plaisir naïf. Elle ramassa le billet pour le lire encore, et le trouva puérilement emphatique. Puis elle se dirigea vers une riche toilette de marbre blanc, qui soutenait une grande glace encadrée d'enroulements dorés d'un goût exquis. Mais son attention fut attirée par une inscription placée dans l'ornement qui couronnait ce miroir : « *Si ton âme est aussi pure que mon cristal, tu t'y verras éternellement jeune et belle ; mais si le vice a flétri ton cœur, crains de trouver en moi un reflet sévère de ta laideur morale.* »

« Je n'ai jamais été ni belle ni coupable, pensa Consuelo : ainsi cette glace ment dans tous les cas. »

Elle s'y regarda sans crainte, et ne s'y trouva point laide. Cette belle robe flottante et ses longs cheveux noirs dénoués lui donnaient l'aspect d'une prêtresse de l'antiquité ; mais son extrême pâleur la frappa. Ses yeux étaient moins purs et moins brillants qu'à l'ordinaire.

« Serais-je enlaidie, pensa-t-elle aussitôt, ou le miroir m'accuserait-il ?

Elle ouvrit un tiroir de la toilette, et y trouva, avec les mille recherches d'un soin luxueux, divers objets accompagnés de devises et de sentences à la fois naïves et pédantes ;

un pot de rouge avec ces mots gravés sur le couvercle : « *Mode et mensonge ! Le fard ne rend point aux joues la fraîcheur de l'innocence, et n'efface pas les ravages du désordre;* » des parfums exquis, avec cette devise sur le flacon : « *Une âme sans foi, une bouche indiscrète, sont comme des flacons ouverts, dont la précieuse essence s'est répandue ou corrompue;* » enfin des rubans blancs avec ces mots tissus en or dans la soie : « *A un front pur les bandelettes sacrées ; à une tête chargée d'infamie le cordon, supplice des esclaves.* »

Consuelo releva ses cheveux, et les rattacha complaisamment, à la manière antique, avec ces bandelettes. Puis elle examina curieusement le bizarre palais enchanté où sa destinée romanesque l'avait amenée. Elle passa dans les divers pièces de son riche et vaste appartement. Une bibliothèque, un salon de musique, rempli d'instruments parfaits, de parti-

tions nombreuses et de précieux manuscrits ;
un boudoir délicieux, une petite galerie ornée
de tableaux superbes et de charmantes statues.
C'était un logement digne d'une reine pour la
richesse, d'une artiste pour le goût, et d'une
religieuse pour la chasteté. Consuelo, étourdie
de cette somptueuse et délicate hospitalité, se
réserva d'examiner en détail et à tête reposée
tous les symboles cachés dans le choix des livres, des objets d'art et des tableaux qui décoraient ce sanctuaire. La curiosité de savoir
en quel lieu de la terre était située cette résidence merveilleuse lui fit abandonner l'intérieur pour l'extérieur. Elle s'approcha d'une
fenêtre ; mais avant de lever le store de taffetas
qui la couvrait, elle y lut encore une sentence :
« *Si la pensée du mal est dans ton cœur, tu*
« *n'es pas digne de contempler le divin spec-*
« *tacle de la nature. Si la vertu habite dans*
« *ton âme, regarde et bénis le Dieu qui t'ou-*

« vre l'entrée du paradis terrestre. » Elle se
hâta d'ouvrir la fenêtre, pour voir si l'aspect
de cette contrée répondait aux orgueilleuses
promesses de l'inscription. C'était un paradis
terrestre, en effet, et Consuelo crut faire un
rêve. Ce jardin, planté à l'anglaise, chose fort
rare à cette époque, mais orné dans ses détails
avec la recherche allemande, offrait les pers-
pectives riantes, les magnifiques ombrages,
les fraîches pelouses, les libres développements
d'un paysage naturel, en même temps que
l'exquise propreté, les fleurs abondantes et
suaves, les sables fins, les eaux cristallines qui
caractérisent un jardin entretenu avec intelligence et avec amour. Au dessus de ces beaux
arbres, hautes barrières d'un étroit vallon
semé ou plutôt tapissé de fleurs, et coupé de
ruisseaux gracieux et limpides, s'élevait un
sublime horizon de montagnes bleues, aux
croupes variées, aux cimes imposantes. Le

pays était inconnu à Consuelo. Aussi loin que
sa vue pouvait s'étendre, elle ne trouvait aucun indice révélateur d'une contrée particulière en Allemagne, où il y a tant de beaux sites
et de nobles montagnes. Seulement, la florai-
son plus avancée et le climat plus chaud qu'en
Prusse lui attestaient quelques pas de plus
faits vers le Midi. « O mon bon chanoine, où
êtes-vous? pensa Consuelo en contemplant les
bois de lilas blancs et les haies de roses, et la
terre jonchée de narcisses, de jacinthes et de
violettes. O Frédéric de Prusse ! béni soyez-
vous pour m'avoir appris par de longues pri-
vations et de cruels ennuis à savourer, comme
je le dois, les délices d'un pareil refuge ! Et
vous, tout-puissant invisible, retenez-moi
éternellement dans cette douce captivité ; j'y
consens de toute mon âme... surtout si le
chevalier..... » Consuelo n'acheva pas de for-
muler son désir. Depuis qu'elle était sortie de

sa léthargie, elle n'avait pas encore pensé à
l'inconnu. Ce souvenir brûlant se réveilla en
elle, et la fit réfléchir au sens des paroles me-
naçantes inscrites sur tous les murs, sur tous
les meubles du palais magique, et jusque sur
les ornements dont elle s'était ingénument
parée.

4

Consuelo ressentait, par dessus tout, un
désir et un besoin de liberté, bien naturels
après tant de jours d'esclavage. Elle éprouva
donc un plaisir extrême à s'élancer dans un
vaste espace, que les soins de l'art et l'ingé-
nieuse disposition des massifs et des allées fai-

saient paraître beaucoup plus vaste encore.
Mais au bout de deux heures de promenade,
elle se sentit attristée par la solitude et le silence qui régnaient dans ces beaux lieux. Elle
en avait fait déjà plusieurs fois le tour, sans
y rencontrer seulement la trace d'un pied humain sur le sable fin et fraîchement passé au
rateau. Des murailles assez élevées, que mas-
quait une épaisse végétation, ne lui permet-
taient pas de s'égarer au hasard dans des sentiers inconnus. Elle savait déjà par cœur tous
ceux qui se croisaient sous ses pas. Dans
quelques endroits, le mur s'interrompait pour
être remplacé par de larges fossés remplis
d'eau, et les regards pouvaient plonger sur
de belles pelouses montant en collines et ter-
minées par des bois, ou sur l'entrée des mystérieuses et charmantes allées qui se perdaient
sous le taillis en serpentant. De sa fenêtre,
Consuelo avait vu toute la nature à sa dispo-

sitton : de plein-pied, elle se trouvait dans un terrain encaissé, borné de toutes parts, et dont toutes les recherches intérieures ne pouvaient lui dissimuler le sentiment de sa captivité. Elle chercha le palais enchanté où elle s'était éveillée. C'était un très petit édifice à l'italienne, décoré avec luxe à l'intérieur, élégamment bâti au dehors, et adossé contre un rocher à pic d'un effet pittoresque, mais qui formait une meilleure clôture naturelle pour tout le fond du jardin et un plus impénétrable obstacle à la vue que les plus hautes murailles et les plus épais glacis de Spandaw. « Ma forteresse est belle, se dit Consuelo, mais elle n'en est que mieux close, je le vois bien. »

Elle alla se reposer sur la terrasse d'habitation, qui était ornée de vases de fleurs et surmontée d'un petit jet d'eau. C'était un endroit ravissant ; et pour n'embrasser que l'intérieur d'un jardin, quelques échappées sur un grand

parc, et de hautes montagnes dont les cimes
bleues dépassaient celles des arbres, la vue
n'en était que plus fraîche et plus suave. Mais
Consuelo, instinctivement effrayée du soin
qu'on prenait de l'installer, peut-être pour
longtemps, dans une nouvelle prison, eût
donné tous les catalpas en fleurs et toutes les
plate-bandes émaillées pour un coin de fran-
che campagne, avec une maisonnette en chau-
me, des chemins raboteux et l'aspect libre
d'un pays possible à connaître et à explorer.
D'où elle était, elle n'avait pas de plans inter-
médiaires à découvrir entre les hautes murailles de verdure de son enclos et les vagues ho-
rizons dentelés, déjà perdus dans la brume
du couchant. Les rossignols chantaient admirablement, mais pas un son de voix humaine
n'annonçait le voisinage d'une habitation.
Consuelo voyait bien que la sienne, située aux
confins d'un grand parc et d'une forêt peut-

être immense, n'était qu'une dépendance d'un
plus vaste manoir. Ce qu'elle apercevait du
parc ne servait qu'à lui faire désirer d'en voir
davantage. Elle n'y distinguait d'autres pro-
meneurs que des troupeaux de biches et de
chevreuils paissant aux flancs des collines,
avec autant de confiance que si l'approche
d'un mortel eût été pour eux un événement
inconnu. Enfin la brise du soir écarta un ri-
deau de peupliers qui fermait un des côtés du
jardin, et Consuelo aperçut, aux dernières
lueurs du jour, les tourelles blanches et les
toits aigus d'un château assez considérable, à
demi caché derrière un mamelon boisé, à la
distance d'un quart de lieue environ. Malgré
tout son désir de ne plus penser au chevalier,
Consuelo se persuada qu'il devait être là; et
ses yeux se fixèrent avidement sur ce château,
peut-être imaginaire, dont l'approche lui semblait interdite, et que les voiles du crépus-

cule faisaient lentement disparaître dans l'é-
loignement.

Lorsque la nuit fut tout à fait tombée,
Consuelo vit le reflet des lumières, à l'étage
inférieur de son pavillon, courir sur les arbus-
tes voisins, et elle descendit à la hâte, espérant voir enfin une figure humaine dans sa
demeure. Elle n'eut pas ce plaisir ; celle du
domestique qu'elle trouva occupé à allumer
les bougies et à servir le souper était, comme
celle du docteur, couverte d'un masque noir,
qui semblait être l'uniforme des Invisibles.
C'était un vieux serviteur, en perruque lisse
et roide comme du laiton, proprement vêtu
d'un habit complet couleur pomme d'amour.

« Je demande humblement pardon à madame, dit-il d'une voix cassée, de me présenter devant-elle avec ce visage-là. C'est ma
consigne, et il ne m'appartient pas d'en comprendre la nécessité. J'espère que madame

aura la bonté de s'y habituer, et qu'elle dai-
gnera ne pas avoir peur de moi. Je suis aux
ordres de madame. Je m'appelle Matteus. Je
suis à la fois gardien de ce pavillon, di-
recteur du jardin, maître d'hôtel et valet de
chambre. On m'a dit que madame, ayant
beaucoup voyagé, avait un peu l'habitude de
se servir toute seule ; que, par exemple, elle
n'exigerait peut-être pas l'aide d'une femme. Il me serait difficile d'en procurer une
à madame, vu que je n'en ai point, et que la
fréquentation de ce pavillon est interdite à
toutes celles du château. Cependant, une servante entrera ici le matin pour m'aider à faire
le ménage, et un garçon jardinier viendra de
temps en temps arroser les fleurs et entretenir
les allées. J'ai, à ce propos, une très humble
observation à faire à madame : c'est que tout
domestique, autre que moi, à qui madame serait seulement soupçonnée d'avoir adressé un

mot ou fait un signe serait chassé à l'instant
même; ce qui serait bien malheureux pour
lui, car la maison est bonne et l'obéissance
bien récompensée. Madame est trop généreuse
et trop juste, sans doute, pour vouloir exposer ces pauvres gens...

— Soyez tranquille, monsieur Matteus, répondit Consuelo, je ne serais pas assez riche
pour les dédommager, et il n'est pas dans mon
caractère de détourner qui que ce soit de son
devoir.

— D'ailleurs, je ne les perdrai jamais de
vue, reprit Matteus, comme se parlant à lui-
même.

— Vous pouvez vous épargner toute pré-
caution à cet égard. J'ai de trop grandes obli-
gations aux personnes qui m'ont amenée ici,
et, je pense, aussi à celles qui m'y reçoivent,
pour rien tenter qui puisse leur déplaire.

— Ah ! madame est ici de son plein gré ?

demanda Matteus, à qui la curiosité ne semblait pas aussi interdite que l'expansion.

— Je vous prie de m'y considérer comme captive volontaire, et sur parole.

— Oh ! c'est bien ainsi que je l'entends. Je n'ai jamais gardé personne autrement, quoique j'aie vu bien souvent mes prisonniers sur parole pleurer et se tourmenter comme s'ils regrettaient de s'être engagés. Et Dieu sait pourtant qu'ils étaient bien ici ! Mais, dans ces cas-là, on leur rendait toujours leur parole quand ils l'exigeaient ; on ne retient ici personne de force. Le souper de madame est servi.

L'avant-dernier mot du majordome couleur de tomate eut le pouvoir de rendre tout-à-coup l'appétit à sa nouvelle maîtresse ; et elle trouva le souper si bon, qu'elle en fit de grands compliments à l'auteur. Celui-ci parut très flatté de se voir apprécié, et Consuelo vit bien

qu'elle avait gagné son estime; mais il n'en fut
ni plus confiant ni moins circonspect. C'était
un excellent homme, à la fois naïf et rusé.
Consuelo connut vite son caractère , en
voyant avec quel mélange de bonhomie et
d'adresse il prévenait toutes les questions
qu'elle eût pu lui faire, pour n'en être
pas embarrassé, et arranger les réponses à son
gré. Ainsi elle apprit de lui tout ce qu'elle ne
lui demandait pas, sans rien apprendre toutefois : « Ses maîtres étaient des personnages
fort riches, fort puissants, très généreux, mais
très sévères, particulièrement sur l'article de
la discrétion. Le pavillon faisait partie d'une
belle résidence, tantôt habitée par les maîtres,
tantôt confiée à la garde de serviteurs très fi-
dèles, très bien payés et très discrets. Le pays
était riche, fertile et bien gouverné. Les habitants n'avaient pas l'habitude de se plaindre de
leurs seigneurs: d'ailleurs ils n'eussent pas eu

beau jeu avec maître Matteus, qui vivait dans
le respect des lois et des personnes, et qui ne
pouvait souffrir les paroles indiscrètes. » Consuelo fut si ennuyée de ses savantes insinua-
tions et de ses renseignements officieux, qu'elle
lui dit en souriant, aussitôt après le souper :
« Je craindrais d'être indiscrète moi-même,
monsieur Matteus, en jouissant plus longtemps
de l'agrément de votre conversation ; je n'ai
plus besoin de rien pour aujourd'hui, et je
vous souhaite le bonsoir.

—Madame me fera l'honneur de me sonner
quand elle voudra quoi que ce soit, reprit-il.
Je demeure derrière la maison, sous le rocher ,
dans un joli ermitage où je cultive des melons
d'eau magnifiques. Je serais bien flatté que
madame pût leur accorder un coup-d'œil d'en-
couragement; mais il m'est particulièrement
interdit d'ouvrir jamais cette porte à madame.

— J'entends, maître Matteus, je ne dois jamais sortir que dans le jardin, et je ne dois pas m'en prendre à votre caprice, mais à la volonté de mes hôtes. Je m'y conformerai.

— D'autant plus que madame aurait bien de la peine à ouvrir cette porte. Elle est si lourde...; et puis il y a un secret à la serrure qui pourrait blesser grièvement les mains de madame, si elle n'était pas prévenue.

—Ma parole est plus solide encore que tous vos verroux, monsieur Matteus. Dormez en paix, comme je suis disposée à le faire de mon côté. »

Plusieurs jours s'écoulèrent sans que Consuelo reçût signe de vie de la part de ses hôtes, et sans qu'elle eût d'autre visage sous les yeux que le masque noir de Matteus, plus agréable peut-être que sa véritable figure. Ce digne serviteur la servait avec un zèle et une ponctualité dont elle ne pouvait assez le re-

mercier; mais il l'ennuyait prodigieusement
par sa conversation , qu'elle était obligée de
subir ; car il réfusa constamment avec stoïcis-
me les dons qu'elle voulut lui faire , et elle
n'eut pas d'autre manière de lui marquer sa
reconnaissance qu'en le laissant babiller. Il aimait passionnément l'usage de la parole , et
cela était d'autant plus remarquable que, voué
par état à une réserve bizarre, il ne s'en dépar-
tait jamais, et possédait l'art de toucher à beaucoup de sujets sans jamais effleurer les cas ré-
servés confiés à sa discrétion. Consuelo apprit
de lui combien le potager du château produisait
au juste chaque année de carottes et d'as-
perges; combien il naissait de faons dans le
parc, l'histoire de tous les cygnes de la pièce
d'eau, de tous les poussins de la faisanderie ,
et de tous les ananas de la serre. Mais elle ne
put soupçonner un instant dans quel pays elle
se trouvait; si le maître ou les maîtres du châ-

teau étaient absents ou présents , si elle
devait communiquer un jour avec eux ,
ou rester indéfiniment seule dans le pavillon.

En un mot, rien de ce qui l'intéressait réellement ne s'échappa des lèvres prudentes et
pourtant actives de Matteus. Elle eût craint de
manquer à toute délicatesse en approchant
seulement à la portée de la voix du jardinier
ou de la servante, qui, du reste, étaient fort
matineux et disparaissaient presque aussitôt
qu'elle était levée. Elle se borna à jeter de
temps en temps un regard dans le parc, sans
y voir passer personne, si ce n'est de trop
loin pour l'observer, et à contempler le faîte
du château qui s'illuminait le soir de rares lumières toujours éteintes de bonne heure.

Elle ne tarda pas à tomber dans une profonde mélancolie, et l'ennui, qu'elle avait vic-
torieusement combattu à Spandau , vint l'as-
saillir et la dominer dans cette riche demeure,

au milieu de toutes les aises de la vie. Est-il
des biens sur la terre dont on puisse jouir absolument seul ? La solitude prolongée assom-
brit et désenchante les plus beaux objets; elle
répand l'effroi dans l'âme la plus forte. Consuelo trouva bientôt l'hospitalité des Invisibles
encore plus cruelle que bizarre, et un dégoût
mortel s'empara de toutes ses facultés. Son
magnifique clavecin lui sembla répandre des
sons trop éclatants dans ces chambres vides
et sonores, et les accents de sa propre voix lui
firent peur. Lorsqu'elle se hasardait à chanter,
si les premières ombres de la nuit la surpre-
naient dans cette occupation, elle s'imaginait
entendre les échos lui répondre d'un ton cour-
roucé, et croyait voir courir, contre les murs
tendus de soie et sur les tapis silencieux, des
ombres inquiètes et furtives, qui, lorsqu'elle
essayait de les regarder, s'effaçaient et allaient
se tapir derrière les meubles pour chuchoter,

la railler et la contrefaire. Ce n'étaient pourtant que les brises du soir courant parmi le
feuillage qui encadrait ses croisées, ou les vi-
brations de son propre chant qui frémissaient
autour d'elle. Mais son imagination, lasse d'interroger tous ces muets témoins de son ennui,
les statues, les tableaux, les vases du Japon
remplis de fleurs, les grandes glaces claires et
profondes, commençait à se laisser frapper
d'une crainte vague, comme celle que produit
l'attente d'un évènement inconnu. Elle se rappelait le pouvoir étrange attribué aux Invisibles par le vulgaire, les prestiges dont elle
avait été environnée par Cagliostro, l'apparition de la femme blanche dans le palais de
Berlin , les promesses merveilleuses du comte
de Saint-Germain relativement à la résurrection du comte Albert : elle se disait que toutes ces choses inexpliquées émanaient probablement de l'action secrète des Invisibles dans

la société et dans sa destinée particulière. Elle
ne croyait point à leur pouvoir surnaturel,
mais elle voyait bien qu'ils s'attachaient à con_
quérir les esprits par tous les moyens, en
s'adressant soit au cœur, soit à l'imagination,
par des menaces ou des promesses, par
des terreurs ou des séductions. Elle était donc
sous le coup de quelque révélation formidable
ou de quelque mystification cruelle, et, comme les enfants poltrons, elle eût pu dire qu'elle
avait *peur d'avoir peur.*

A Spandau, elle avait roidi sa volonté contre des périls extrêmes, contre des souffrances
réelles ; elle avait triomphé de tout avec vail-
lance ; et puis la résignation lui semblait naturelle à Spandau. L'aspect sinistre d'une forteresse est en harmonie avec les tristes méditations de la solitude ; au lieu que dans sa
nouvelle prison tout semblait disposé pour
une vie d'épanchement poétique ou de paisi-

ble intimité; et ce silence éternel , cette absence de toute sympathie humaine en détruisaient l'harmonie comme un monstrueux contre-sens. On eût dit de la délicieuse retraite de deux amants heureux ou d'une élégante famille, riant foyer tout à coup haï et délaissé à cause de quelque rupture douloureuse ou de quelque soudaine catastrophe. Les nombreuses inscriptions qui la décoraient, et qui se trouvaient placées dans tous les ornements, ne la faisaient plus sourire comme d'emphatiques puérilités. C'étaient des encouragements joints à des menaces, des éloges conditionnels corrigés par d'humiliantes accusations. Elle ne pouvait plus lever les yeux autour d'elle sans découvrir quelque nouvelle sentence qu'elle n'avait pas encore remarquée, et qui semblait lui défendre de respirer à l'aise dans ce sanctuaire d'une justice soupçonneuse et vigilante. Son âme s'était affais-

sée sur elle-même après la crise de son évasion et celle de son amour improvisé pour
l'inconnu. L'état léthargique qu'on avait provoqué, sans doute à dessein, chez elle, pour
lui cacher la situation de son asile, lui avait
laissé une secrète langueur, jointe à l'irrita-
bilité nerveuse qui en est la conséquence. Elle
se sentit donc en peu de temps devenir à la
fois inquiète et nonchalante, tour à tour effrayée d'un rien et indifférente à tout.

Un soir, elle crut entendre les sons, à peine
saisissables, d'un orchestre dans le lointain.
Elle monta sur la terrasse, et vit le château
resplendissant de lumières à travers le feuillage. Une musique de symphonie, fière et vi-
brante, parvint distinctement jusqu'à elle. Ce
contraste d'une fête et de son isolement l'é-
mut plus qu'elle ne voulait se l'avouer. Il y
avait si longtemps qu'elle n'avait échangé une
parole avec des êtres intelligents ou raisonna-

bles ! Pour la première fois de sa vie , elle se fit une idée merveilleuse d'une nuit de concert ou de bal , et , comme Cendrillon , elle souhaita que quelque bonne fée l'enlevât dans les airs , et la fît entrer dans le palais enchanté par une fenêtre, fût-ce pour y rester invisible, et y jouir de la vue d'une réunion d'êtres humains animés par le plaisir.

La lune n'était pas encore levée. Malgré la pureté du ciel , l'ombre était si épaisse sous les arbres , que Consuelo pouvait bien s'y glisser sans être aperçue , fût-elle entourée d'invisibles surveillants . Une violente tentation vint s'emparer d'elle, et toutes les raisons spécieuses que la curiosité nous suggère quand elle veut livrer un assaut à notre conscience, se présentèrent en foule à son esprit. L'avait-on traitée avec confiance, en l'amenant endormie et à demi-morte dans cette prison dorée, mais implacable? Avait-on le droit d'exiger d'elle

une aveugle soumission, lorsqu'on ne daignait
même pas la lui demander? D'ailleurs, ne
voulait-on pas la tenter et l'attirer par le simulacre d'une fête? Qui sait? tout était bizarre dans la conduite des Invisibles. Peut-
être, en essayant de sortir de l'enclos, allait-
elle trouver précisément une porte ouverte,
une gondole sur le ruisseau qui entrait du
parc dans son jardin par une arcade pratiquée
dans la muraille. Elle s'arrêta à cette dernière
supposition, la plus gratuite de toutes, et descendit au jardin, résolue de tenter l'aventure.
Mais elle n'eut pas fait cinquante pas qu'elle
entendit dans les airs un bruit assez semblable à celui que produirait un oiseau gigantes-
que en s'élevant vers les nues avec une rapidité fantastique. En même temps elle vit autour d'elle une grande lueur d'un bleu livide,
qui s'éteignit au bout de quelques secondes,
pour se reproduire presque aussitôt avec une

détonation assez forte. Consuelo comprit alors
que ce n'était ni la foudre ni un météore, mais
le feu d'artifice qui commençait au château.
Ce divertissement de ses hôtes lui promettait
un beau spectacle du haut de la terrasse, et,
comme un enfant qui cherche à secouer l'ennui d'une longue pénitence, elle retourna à la
hâte vers le pavillon.

Mais, à la clarté de ces longs éclairs factices,
tantôt rouges et tantôt bleus, qui embrasaient
le jardin, elle vit par deux fois un grand
homme noir, debout et immobile à côté d'elle.
Elle n'avait pas eu le temps de le regarder,
que la bombe lumineuse, retombant en pluie
de feu, s'éteignait rapidement, et laissait tous
les objets plongés dans une obscurité plus
profonde pour les yeux un instant éblouis.
Alors Consuelo, effrayée, courait dans un
sens opposé à celui où le sceptre lui était ap-
paru ; mais, au retour de la lueur sinistre,

elle se retrouvait à deux pas de lui. A la troisième fois, elle avait gagné le perron du pavillon ; il était devant elle, lui barrant le passage. Saisie d'une terreur insurmontable, elle
fit un cri perçant et chancela. Elle fût tombée à la renverse sur les degrés, si le mystérieux visiteur ne l'eût saisie dans ses bras.
Mais à peine eut-il effleuré son front de ses
lèvres, qu'elle sentit et reconnut le chevalier,
l'inconnu, celui qu'elle aimait, et dont elle se
savait aimée.

5

La joie qu'elle éprouva de le retrouver comme un ange de consolation dans cette insupportable solitude fit taire tous les scrupules et toutes les craintes qu'elle avait encore dans l'esprit un instant auparavant, en songeant à lui sans espérance prochaine de le revoir. Elle

répondit à son étreinte avec passion ; et,
comme il tâchait déjà de se dégager de ses bras
pour ramasser son masque noir qui était tombé, elle le retint en s'écriant : « Ne me quittez
pas, ne m'abandonnez pas ! » Sa voix était
suppliante, ses caresses irrésistibles. L'inconnu se laissa tomber à ses pieds, et, cachant
son visage dans les plis de sa robe, qu'il couvrit de baisers, il resta quelques instants
comme partagé entre le ravissement et le désespoir ; puis, ramassant son masque et glis-
sant une lettre dans la main de Consuelo, il
s'élança dans le pavillon, et disparut sans
qu'elle eût pu apercevoir ses traits.

Elle le suivit, et, à la lueur d'une petite
lampe d'albâtre que Matteus allumait chaque
soir au fond de l'escalier, elle espéra le retrouver ; mais, avant qu'elle eût monté quelques
marches, il était devenu insaisissable. Elle parcourut en vain tous les recoins du pavillon ;

elle n'aperçut aucune trace de lui, et, sans la
lettre qu'elle tenait dans sa main tremblante,
elle eût pu croire qu'elle avait rêvé.

Enfin elle se décida à rentrer dans son boudoir, pour lire cette lettre, dont l'écriture lui
parut cette fois plutôt contrefaite à dessein
qu'altérée par la souffrance. Elle contenait à
peu près ce qui suit :

« Je ne puis ni vous voir ni vous parler ;
mais il ne m'est pas défendu de vous écrire.
Me le permettrez-vous ? Oserez-vous répondre
à l'*inconnu ?* Si j'avais ce bonheur, je pourrais
trouver vos lettres et placer les miennes, durant votre sommeil, dans un livre que vous laisseriez le soir sur le banc du jardin au bord de
l'eau. Je vous aime avec passion, avec idolâtrie, avec égarement. Je suis vaincu, ma force
est brisée ; mon activité, mon zèle, mon enthousiasme pour l'œuvre à laquelle je me suis
voué, tout, jusqu'au sentiment du devoir, est

anéanti en moi, si vous ne m'aimez pas. Lié à
des devoirs étranges et terribles par mes serments, par le don et l'abandon de ma volonté,
je flotte entre la pensée de l'infamie et celle du
suicide; car je ne puis me persuader que vous
m'aimiez réellement, et qu'à l'heure où nous
sommes, la méfiance et la peur n'aient pas
déjà effacé votre amour involontaire pour moi.
Pourrait-il en être autrement? Je ne suis pour
vous qu'une ombre, le rêve d'une nuit, l'illusion d'un instant. Eh bien ! pour me faire aimer de vous, je me sens prêt, vingt fois le
jour, à sacrifier mon honneur, à trahir ma
parole, à souiller ma conscience d'un parjure.
Si vous parveniez à fuir cette prison, je vous
suivrais au bout du monde, dussé-je expier,
par une vie de honte et de remords, l'ivresse
de vous voir, ne fût-ce qu'un jour, et de vous
entendre dire encore, ne fût-ce qu'une fois :
« Je vous aime. » Et cependant, si vous refu-

sez de vous associer à l'œuvre des Invisibles,
si les serments qu'on va sans doute exiger de
vous bientôt vous effrayent et vous répugnent,
il me sera défendu de vous revoir jamais!...
Mais je n'obéirai pas, je ne pourrai pas obéir.
Non! j'ai assez souffert, j'ai assez travaillé, j'ai
assez servi la cause de l'humanité; si vous
n'êtes pas la récompense de mon labeur, j'y
renonce; je me perds en retournant au monde,
à ses lois et à ses habitudes. Ma raison est
troublée, vous le voyez. Oh! ayez, ayez pitié!
Ne me dites pas que vous ne m'aimez plus.
Je ne pourrais supporter ce coup, je ne voudrais pas le croire, ou, si je le croyais, il fau-
drait mourir. »

Consuelo lut ce billet au milieu du bruit
des fusées et des bombes du feu d'artifice qui
éclatait dans les airs sans qu'elle l'entendit.
Tout entière à sa lecture, elle éprouvait cependant, sans en avoir conscience, la commo-

tion électrique que causent, surtout aux organisations impressionnables , la détonation de
la poudre et en général tous les bruits vio-
lents. Celui-là influe particulièrement sur l'i-
magination, quand il n'agit pas physiquement
sur un corps débile et maladif, par des tressail-
lements douloureux. Il exalte, au contraire,
l'esprit et les sens des gens braves et bien
constitués. Il réveille même chez quelques
femmes des instincts intrépides, des idées de
combat, et comme de vagues regrets de ne pas
être hommes. Enfin, s'il y a un accent bien
marqué qui fait trouver une sorte de jouissance quasi musicale dans la voix du torrent
qui se précipite, dans le mugissement de la
vague qui se brise, dans le roulement de la
foudre ; cet accent de colère, de menace, de
fierté, cette voix de la force, pour ainsi dire, se
retrouve dans le bondissement du canon, dans
le sifflement des boulets, et dans les mille dé-

chirements de l'air qui simulent le choc d'une
bataille dans les feux d'artifice. Consuelo en
éprouva peut-être l'effet, tout en lisant la première lettre d'amour proprement dite, le premier *billet doux* qu'elle eût jamais reçu. Elle
se sentit courageuse, brave, et quasi téméraire.
Une sorte d'enivrement lui fit trouver cette
déclaration d'amour plus chaleureuse et plus
persuasive que toutes les paroles d'Albert, de
même qu'elle avait trouvé le baiser de l'inconnu plus suave et plus ardent que tous ceux
d'Anzoleto. Elle se mit donc à écrire sans hé-
sitation; et, tandis que les boîtes fulminantes
ébranlaient les échos du parc, que l'odeur du
salpêtre étouffait le parfum des fleurs, et que
les feux du Bengale illuminaient la façade du
pavillon sans qu'elle daignât s'en apercevoir,
Consuelo répondit :

« Oui, je vous aime, je l'ai dit, je vous l'ai
avoué; et, dussé-je m'en repentir, dussé-je en

rougir mille fois, je ne pourrai jamais effacer
du livre bizarre et incompréhensible de ma
destinée cette page que j'y ai écrite moi-même,
et qui est entre vos mains ! C'était l'expression
d'un élan condamnable, insensé peut-être,
mais profondément vrai et ardemment senti.
Fussiez-vous le dernier des hommes, je n'en
aurais pas moins placé en vous mon idéal !
Dussiez-vous m'avilir par une conduite mé-
prisante et cruelle, je n'en aurais pas moins
éprouvé, au contact de votre cœur, une ivresse
que je n'avais jamais goûtée, et qui m'a paru
aussi sainte que les anges sont purs. Vous le
voyez, je vous répète ce que vous m'écriviez en
réponse aux confidences que j'avais adressées
à *Beppo*. Nous ne faisons que nous répéter
l'un à l'autre ce dont nous sommes, je le crois,
vivement pénétrés et loyalement persuadés
tous les deux. Pourquoi et comment nous
tromperions-nous? Nous ne nous connaissons

pas ; nous ne nous connaîtrons peut-être jamais. Étrange fatalité ! nous nous aimons
pourtant , et nous ne pouvons pas plus nous
expliquer les causes premières de cet amour
qu'en prévoir les fins mystérieuses. Tenez, je
m'abandonne à votre parole, à votre honneur ;
je ne combats point le sentiment que vous
m'inspirez. Ne me laissez pas m'abuser moi-
même. Je ne vous demande au monde qu'une
chose, c'est de ne pas feindre de m'aimer,
c'est de ne jamais me revoir si vous ne m'aimez pas ; c'est de m'abandonner à mon sort ,
quel qu'il soit, sans craindre que je vous accuse ou que je vous maudisse pour cette rapide illusion de bonheur que vous m'aurez
donnée. Il me semble que ce que je vous demande là est si facile ! Il est des instants où je
suis effrayée, je vous le confesse, de l'aveugle
confiance qui me pousse vers vous. Mais dès
que vous paraissez, dès que ma main est dans

la vôtre, ou quand je regarde votre écriture
(votre écriture qui est pourtant contrefaite et
tourmentée, comme si vous ne vouliez pas
que je puisse connaître de vous le moindre
indice extérieur et visible); enfin, quand j'entends seulement le bruit de vos pas, toutes
mes craintes s'évanouissent, et je ne puis pas
me défendre de croire que vous êtes mon
meilleur ami sur la terre. Mais pourquoi vous
cacher ainsi? Quel effrayant secret couvrent
donc votre masque et votre silence? Vous ai-
je vu ailleurs? Dois-je vous craindre et vous
repousser le jour où je saurai votre nom, où
je verrai vos traits? Si vous m'êtes absolument inconnu, comme vous me l'avez écrit,
d'où vient que vous obéissez si aveuglément à
la loi étrange des Invisibles, lorsque vous m'é-
crivez pourtant aujourd'hui que vous êtes prêt
à vous en affranchir pour me suivre au bout
du monde? Et si je l'exigeais, pour fuir avec

vous , que vous n'eussiez plus de secrets pour
moi, ôteriez-vous ce masque ? me parleriez-
vous ? Pour arriver à vous connaître, il faut,
dites-vous, que je m'engage.. à quoi? que je me
lie par des serments aux Invisibles ?.. Mais pour
quelle œuvre? Quoi ! il faut que les yeux fermés, la conscience muette, et l'esprit dans les
ténèbres, je *donne* et j'*abandonne* ma volonté,
comme vous l'avez fait vous-même du moins
avec connaissance de cause ? Et pour me décider à ces actes inouïs d'un dévouement
aveugle, vous ne ferez pas la plus légère in-
fraction aux réglements de votre ordre ! Car,
je le vois bien, vous appartenez à un de ces
ordres mystérieux qu'on appelle ici *sociétés*
secrètes, et qu'on dit être nombreuses en Allemagne. A moins que ce ne soit tout simplement un complot politique contre..... comme
on me le disait à Berlin. Eh bien, quoi que
ce soit, si on me laisse la liberté de refuser

quand on m'aura instruite de ce qu'on exige
de moi, je m'engagerai par les plus terribles
serments à ne jamais rien révéler. Puis-je
faire plus sans être indigne de l'amour d'un
homme qui pousse le scrupule et la fidélité à
son serment jusqu'à ne pas vouloir me faire
entendre ce mot que j'ai prononcé moi-même,
au mépris de la prudence et de la pudeur im-
posées à mon sexe : *Je vous aime !* »

Consuelo mit cette lettre dans un livre qu'elle
alla déposer dans le jardin au lieu indiqué ;
puis elle s'éloigna à pas lents, et se tint longtemps cachée dans le feuill-ge, espérant voir
arriver le chevalier, et tremblant de laisser là
cet aveu de ses plus intimes sentiments, qui
pouvait tomber dans des mains étrangères. Cependant, comme les heures s'écoulaient sans
que personne parût, et qu'elle se souvenait de
ces paroles de la lettre de l'inconnu : « J'irai
prendre votre réponse durant votre sommeil, »

elle jugea qu'elle devait se conformer en tout
à ses avis, et se retira dans son appartement
où, après mille rêveries agitées, tour à tour
pénibles et délicieuses, elle finit par s'endor-
mir au bruit incertain de la musique du bal
qui recommençait, des fanfares qui sonnèrent
durant le souper, et du roulement lointain des
voitures qui annonça, au lever de l'aube, le dé-
part des nombreux hôtes de la résidence.

A neuf heures précises, la recluse entra
dans la salle où elle prenait ses repas, qu'elle
y trouvait toujours servis avec une exactitude
scrupuleuse et une recherche digne du local.
Matteus se tenait debout derrière sa chaise,
dans l'attitude respectueusement flegmatique
qui lui était habituelle. Consuelo venait de
descendre au jardin. Le chevalier était venu
prendre sa lettre, car elle n'était plus dans le
livre. Mais Consuelo avait espéré trouver une
nouvelle lettre de lui, et elle l'accusait déjà

de mettre de la tiédeur dans leur correspondance. Elle se sentait inquiète , excitée, et un peu poussée à bout par l'immobilité de la vie qu'on semblait s'obstiner à lui faire. Elle se décida donc à s'agiter au hasard, pour voir si elle ne hâterait pas le cours des événements lentement préparés autour d'elle. Précisément ce jour-là, pour la première fois, Matteus était sombre et taciturne. « Maître Matteus, dit-elle avec une gaieté forcée , je vois à travers votre masque que vous avez les yeux battus et le teint fatigué; vous n'avez guère dormi cette nuit.

— Madame me fait trop d'honneur de vouloir bien me railler , répondit Matteus avec un peu d'aigreur ; mais comme madame a le bonheur de vivre le visage découvert, je suis plus à portée de voir qu'elle m'attribue la fatigue et l'insomnie dont elle a souffert elle-même cette nuit.

— Vos miroirs parlants m'ont dit cela avant vous, monsieur Matteus : je sais que je suis fort enlaidie, et je pense que je le serai bientôt davantage si l'ennui s'obstine à me consumer.

— Madame s'ennuie ? reprit Matteus du ton dont il eût dit « madame a sonné ? »

— Oui, Matteus, je m'ennuie énormément, et je commence à ne pouvoir plus supporter cette réclusion. Comme on ne m'a fait ni l'honneur d'une visite, ni celui d'une lettre, je présume qu'on m'a oubliée ici ; et puisque vous êtes la seule personne qui veuille bien n'en pas faire autant, je crois qu'il m'est permis de vous dire que je commence à trouver ma situation embarrassante et bizarre.

— Je ne peux pas me pemettre de juger la situation de madame, répondit Matteus; mais il me semblait que madame avait reçu, il n'y a pas longtemps, une visite et une lettre?

— Qui vous a dit pareille chose, maître Matteus ? s'écria Consuelo en rougissant.

— Je le dirais, répondit-il d'un ton ironiquement patelin, si je ne craignais d'offenser madame, et de l'ennuyer en me permettant de causer avec elle.

— Si vous étiez mon domestique, maître Matteus, j'ignore quels airs de grandeur je pourrais prendre avec vous ; mais comme jusqu'à présent je n'ai guère eu d'autre serviteur que moi-même, et que, d'ailleurs, vous me paraissez être ici mon gardien encore plus que mon majordome, je vous engage à causer, si cela vous plaît, autant que les autres jours. Vous avez trop d'esprit ce matin pour m'ennuyer.

— C'est que madame s'ennuie trop elle-même pour être difficile en ce moment. Je dirai donc à madame qu'il y a eu cette nuit grande fête au château.

— Je le sais, j'ai entendu le feu d'artifice et la musique.

— Alors, une personne qui est fort surveillée ici depuis l'arrivée de madame, a cru pouvoir profiter du désordre et du bruit pour s'introduire dans le parc réservé, au mépris de la défense la plus sévère. Il en est résulté un événement fâcheux... Mais je crains de causer quelque chagrin à madame en le lui apprenant.

— Je crois maintenant le chagrin préférable à l'ennui et à l'inquiétude. Dites donc vite, monsieur Matteus?

— Eh bien! madame, j'ai vu conduire en prison, ce matin, le plus aimable, le plus jeune, le plus beau, le plus brave, le plus généreux, le plus spirituel, le plus grand de tous mes maîtres, le chevalier de Liverani.

— Liverani? Qui s'appelle Liverani? s'écria Consuelo, vivement émue. En prison, le che-

valier ? Dites-moi !... Oh ! mon Dieu ! quel est
ce chevalier, quel est ce Liverani ?

   — Je l'ai assez désigné à madame. J'ignore
si elle le connaît peu ou beaucoup ; mais, ce
qu'il y a de certain, c'est qu'il a été conduit
à la grosse tour pour avoir parlé et écrit à madame, et pour n'avoir pas voulu faire connaître
à Son Altesse la réponse que madame lui a
faite.

   — La grosse tour... Son Altesse... tout ce
que vous me dites là est-il sérieux, Matteus ? Suis-
je ici sous la dépendance d'un prince souverain
qui me traite en prisonnière d'État, et qui châ-
tie ses sujets, pour peu qu'ils me témoignent
quelque intérêt et quelque pitié ? Ou bien
suis-je mystifiée par quelque riche seigneur
à idées bizarres, qui essaye de m'effrayer afin
d'éprouver ma reconnaissance pour les services rendus ?

   — Il ne m'est point défendu de dire à madame qu'elle est en même temps chez un prince fort riche, chez un homme d'esprit grand philosophe...

— Et chez le chef suprême du conseil des Invisibles ? ajouta Consuelo.

— J'ignore ce que madame entend par là, répondit Matteus avec la plus complète indifférence. Dans la liste des titres et dignités de Son Altesse, je n'ai jamais entendu mentionner cette qualité.

— Mais ne me sera-t-il pas permis de voir ce prince, de me jeter à ses pieds, de lui demander la liberté de ce chevalier Liverani, qui est innocent de toute indiscrétion, j'en puis faire le serment ?

— Je n'en sais rien, et je crois que ce sera au moins très difficile à obtenir. Cependant j'ai accès tous les soirs auprès de Son Altesse, pendant quelques instants, pour lui rendre compte de la santé et des occupations de madame ; et si madame écrivait, peut-être réussirais-je à faire lire le billet sans qu'il passât par les mains des secrétaires.

— Cher monsieur Mattéus, vous êtes la bonté même, et je suis sûre que vous devez avoir la confiance du prince. Oui, certainement, j'écrirai, puisque vous êtes assez généreux pour vous intéresser au chevalier.

— Il est vrai que je m'y intéresse plus qu'à tout autre. Il m'a sauvé la vie, au risque de la sienne, dans un incendie. Il m'a soigné et guéri de mes brûlures. Il a remplacé les effets que j'avais perdus. Il a passé des nuits à me veiller, comme s'il eût été mon serviteur et moi son maître. Il a arraché au vice une nièce que j'avais, et il en a fait, par ses bonnes paroles et ses généreux secours, une honnête femme. Que de bien n'a-t-il pas fait dans toute cette contrée et dans toute l'Europe, à ce qu'on assure ! C'est le jeune homme le plus parfait qui

existe , et Son Altesse l'aime comme son propre fils.

— Et pourtant Son Altesse l'envoie en prison pour une faute légère?

— Oh ! madame ignore qu'il n'y a point
de faute légère aux yeux de Son Altesse , en
fait d'indiscrétion.

— C'est donc un prince bien absolu ?

— Admirablement juste, mais terriblement
sévère.

— Et comment puis-je être pour quelque
chose dans les préoccupations de son esprit
et dans les décisions de son conseil ?

— Cela , je l'ignore , comme madame peut
bien le penser. Beaucoup de secrets s'agitent
en tout temps dans ce château, surtout lorsque
le prince y vient passer quelques semaines, ce
qui n'arrive pas souvent. Un pauvre serviteur
tel que moi qui se permettrait de vouloir les
approfondir n'y serait pas souffert longtemps ;

et comme je suis le doyen des personnes attachées à la maison, madame doit comprendre
que je ne suis ni curieux ni bavard; autrement...

— J'entends, monsieur Matteus. Mais sera-
ce une indiscrétion de vous demander si la
prison que subit le chevalier est rigoureuse?

— Elle doit l'être, madame. Quoique je ne
sache rien de ce qui se passe dans la tour et
dans les souterrains, j'y ai vu entrer plus de
gens que je n'en ai vu sortir. J'ignore s'il y a
des issues dans la forêt : pour moi, je n'en
connais pas dans le parc.

— Vous me faites trembler, Matteus. Serait-
il possible que j'eusse attiré sur la tête de ce
digne jeune homme des malheurs sérieux?
Dites-moi, le prince est-il d'un caractère violent ou froid? Ses arrêts sont-ils dictés par
une indignation passagère ou par un mécon-
tentement réfléchi et durable?

— Ce sont là des détails dans lesquels il ne me convient pas d'entrer, répondit froidement Matteus.

— Eh bien! parlez-moi du chevalier, au moins. Est-il homme à demander et à obtenir grâce, ou à se renfermer dans un silence hautain?

— Il est tendre et doux, plein de respect et de soumission pour Son Altesse. Mais si madame lui a confié quelque secret, elle peut être tranquille; il se laisserait torturer plutôt que de livrer le secret d'un autre, fût-ce à l'oreille d'un confesseur.

— Eh bien! je le révélerai moi-même à Son Altesse, ce secret qu'elle juge assez important pour allumer sa colère contre un infortuné. Oh! mon bon Matteus, ne pouvez-vous porter ma lettre tout de suite?

— Impossible avant la nuit, madame.

— C'est égal, je vais écrire maintenant;

une occasion imprévue peut se presenter.

Consuelo rentra dans son cabinet, et écrivit pour demander au prince anonyme une entrevue dans laquelle elle s'engageait à répondre sincèrement à toutes les questions qu'il daignerait lui adresser.

A minuit, Matteus lui rapporta cette réponse cachetée :

« Si c'est au prince que vous voulez par-
« ler, votre demande est insensée. Vous ne
« le verrez ; vous ne le connaîtrez jamais ;
« vous ne saurez jamais son nom. — Si c'est
« devant le conseil des Invisibles que tu veux
« comparaître, tu seras entendue ; mais ré-
« fléchis aux conséquences de ta résolution :
« elle décidera de ta vie et de celle d'un autre. »

6

Il fallut encore patienter vingt-quatre heures après cette lettre reçue. Matteus déclarait
qu'il aimerait mieux se couper une main que
de demander à voir le prince après minuit.
Au déjeûner du lendemain, il se montra encore un peu plus expansif que la veille, et
Consuelo crut remarquer que l'emprisonne-

ment du chevalier l'avait aigri contre le prince,
au point de lui donner une assez vive déman-
geaison d'être indiscret pour la première fois
de sa vie. Cependant, lorsqu'elle l'eut fait
causer pendant plus d'une heure, elle remarqua qu'elle n'était pas plus avancée qu'auparavant. Soit qu'il eût joué la simplicité pour
étudier les pensées et les sentiments de Consuelo, soit qu'il ne sût rien relativement à
l'existence des Invisibles et à la part que son
maître prenait à leurs actes, il se trouva que
Consuelo flottait dans une confusion étrange
de notions contradictoires. Sur tout ce qui
touchait à la position sociale du prince, Matteus s'était retranché dans l'impossibilité de
manquer au silence rigoureux qu'on lui avait
imposé. Il haussait, il est vrai, les épaules,
en parlant de cette bizarre injonction. Il
avouait qu'il ne comprenait pas la nécessité
de porter un masque pour communiquer avec

les personnes qui s'étaient succédé à des inter-
valles plus ou moins rapprochés, et pour des
retraites plus ou moins longues, dans le pavillon. Il ne *pouvait s'empêcher de dire* que
son maître avait des caprices inexplicables, et
se livrait à des travaux incompréhensibles; mais
mais toute curiosité, de même que toute indiscrétion, était paralysée chez lui par la
crainte de châtiments terribles, sur la nature
desquels il ne s'expliquait pas. En somme,
Consuelo n'apprit rien, sinon qu'il se passait
des choses singulières au château, que l'on
n'y dormait guère la nuit, que tous les domestiques y avaient vu des esprits, que Matteus lui-
même, qui se déclarait hardi et sans préjugés,
avait rencontré souvent l'hiver, dans le parc,
à des époques où le prince était absent et le château désert, des figures qui l'avaient fait frémir,
qui étaient entrées là sans qu'il sût comment et
qui en étaient sorties de même. Tout cela ne

jetait pas une grande clarté sur la situation de
Consuelo. Il lui fallut se résigner à attendre le
soir pour envoyer cette nouvelle pétition :

« Quoiqu'il en puisse résulter pour moi, je
« demande instamment, et humblement à com-
« paraître devant le tribunal des Invisibles. »

La journée lui sembla d'une longueur mor-
tolle ; elle s'efforça de maîtriser son impatience et ses inquiétudes en chantant tout ce
qu'elle avait composé en prison sur les douleurs et les ennuis de la solitude, et elle ter-
mina cette répétition à l'entrée de la nuit,
par le sublime air d'Almirena dans le *Rinaldo*
de Haëndel :

> Lascia ch'io pianga
> La durà sorte,
> E ch'io sospiri
> La libertà.

A peine l'eut-elle fini, qu'un violon d'une
vibration extraordinaire répéta au dehors la

phrase admirable qu'elle venait de dire, avec
une expression aussi douloureuse et aussi profonde que la sienne propre. Consuelo courut
à la fenêtre, mais elle ne vit personne, et la
phrase se perdit dans l'éloignement. Il lui
sembla que cet instrument et ce jeu remarquables ne pouvaient appartenir qu'au comte
Albert; mais elle chassa bientôt cette pensée,
comme rentrant dans la série d'illusions
pénibles et dangereuses dont elle avait
déjà tant souffert. Elle n'avait jamais entendu Albert jouer aucune phrase de musique
moderne, et il n'y avait qu'un esprit frappé
qui pût s'obstiner à évoquer un spectre chaque fois que le son d'un violon se faisait entendre. Néanmoins cette émotion troubla Consuelo, et la jeta dans de si tristes et si profondes
rêveries, qu'elle s'aperçut seulement à neuf
heures du soir que Matteus ne lui avait apporté ni à dîner ni à souper, et qu'elle était

à jeun depuis le matin. Cette circonstance lui
fit craindre que, comme le chevalier, Matteus
n'eût été victime de l'intérêt qu'il lui avait
marqué. Sans doute, les murs avaient des
yeux et des oreilles. Matteus lui avait peut-
être trop parlé; il avait murmuré un peu contre la disparition de Liverani : c'en était assez
probablement pour qu'on lui fît partager son
sort.

Ces nouvelles anxiétés empêchèrent Consuelo de sentir le malaise de la faim. Cependant la soirée s'avançait, Matteus ne paraissait pas; elle se risqua à sonner. Personne ne
vint. Elle éprouvait une grande faiblesse, et
surtout une grande consternation. Appuyée
sur le bord de sa croisée, la tête dans ses
mains, elle repassait dans son cerveau, déjà
un peu troublé par les souffrances de l'inani-
tion, les incidents bizarres de sa vie, et se demandait si c'était le souvenir de la réalité ou

celui d'un long rêve, lorsqu'une main froide
comme le marbre s'appuya sur sa tête, et
une voix basse et profonde prononça ces mots :
« Ta demande est accueillie, suis-moi. » Consuelo, qui n'avait pas encore songé à éclairer
son appartement, mais qui avait, jusque-là,
nettement distingué les objets dans le crépuscule, essaya de regarder celui qui lui parlait
ainsi. Elle se trouvait tout à coup dans d'aussi
épaisses ténèbres que si l'atmosphère était devenue compacte, et le ciel étoilé une voûte de
plomb. Elle porta la main à son front privé
d'air, et reconnut un capuchon à la fois léger
et impénétrable comme celui que Cagliostro
lui avait jeté une fois sur la tête sans qu'elle
le sentît. Entraînée par une main invisible,
elle descendit l'escalier du pavillon ; mais elle
ne tarda pas à s'apercevoir qu'il avait plus de
degrés qu'elle ne lui en connaissait, et qu'il
s'enfonçait dans des caves où elle marcha pen-

dant près d'une demi-heure. La fatigue, la
faim, l'émotion et une chaleur accablante ra-
lentissaient de plus en plus ses pas, et, à chaque instant prête à défaillir, elle fut tentée de
demander grâce. Mais une certaine fierté, qui
lui faisait craindre de paraître reculer devant
sa résolution, l'engagea à lutter courageuse-
ment. Elle arriva enfin au terme du voyage,
et on la fit asseoir. Elle entendit en ce moment un timbre lugubre, comme celui du
tam-tam, frapper minuit lentement, et au
douzième coup le capuchon fut enlevé de son
front baigné de sueur.

Elle fut éblouie d'abord de l'éclat des lumières qui, toutes rassemblées sur un même
point vis-à-vis d'elle, dessinaient une large
croix flamboyante sur la muraille. Lorsque ses
yeux purent supporter cette transition, elle
vit qu'elle était dans une vaste salle d'un style
gothique, dont la voûte, [divisée en arceaux

surbaissés, ressemblait à celle d'un cachot
profond ou d'une chapelle souterraine. Au
fond de cette pièce, dont l'aspect et le lumi-
naire étaient vraiment sinistres, elle distingua
sept personnages enveloppés de manteaux rouges, et la face couverte de masques d'un blanc
livide, qui les faisaient ressembler à des ca-
davres. Ils étaient assis derrière une longue
table de marbre noir. En avant de la table et
sur un gradin plus bas, un huitième spectre,
vêtu de noir et masqué de blanc, était également assis. De chaque côté des murailles laté-
rales, une vingtaine d'hommes à manteaux et
à masques noirs etaient rangés dans un profond silence. Consuelo se retourna, et vit derrière elle d'autres fantômes noïrs. A chaque
porte, il y en avait deux debout, une large
épée brillante à la main.

En d'autres circonstances, Consuelo se fût
peut-être dit que ce cérémonial lugubre n'é-

tait qu'un jeu, une de ces épreuves dont elle avait entendu parler à Berlin à propos des loges de francs-maçons. Mais outre que les francs-maçons ne s'érigeaient pas en tribunal, et ne s'attribuaient pas le droit de faire comparaître dans leurs assemblées secrètes des personnes non initiées, elle était disposée, par tout ce qui avait précédé cette scène, à la trouver sérieuse, effrayante même. Elle s'aperçut qu'elle tremblait visiblement, et sans les cinq minutes d'un profond silence où se tint l'assemblée, elle n'eût pas eu la force de se remettre et de se préparer à répondre.

Enfin, le huitième juge se leva et fit signe aux deux introducteurs, qui se tenaient, l'épée à la main, à la droite et à la gauche de Consuelo, de l'amener jusqu'au pied du tribunal où elle resta debout, dans une attitude de calme et de courage un peu affectés.

« Qui êtes-vous, et que demandez-vous ? »
dit l'homme noir sans se lever.

Consuelo demeura quelques instants interdite; enfin elle prit courage et répondit : « Je
suis Consuelo, cantatrice de profession, dite
la Zingarella et la Porporina.

—N'as-tu point d'autre nom ? » reprit l'in-
terrogateur.

Consuelo hésita, puis elle dit : « J'en pourrais revendiquer un autre; mais je me suis en-
gagée sur l'honneur à ne jamais le faire.

— Espères-tu donc cacher quelque chose
à ce tribunal ? Te crois-tu devant des juges
vulgaires élus pour juger de vulgaires intérêts, au nom d'une loi grossière et aveugle ?
Que viens-tu faire ici, si tu prétends nous
abuser par de vaines défaites ? Nomme-toi,
fais-toi connaître pour ce que tu es , ou re-
tire-toi.

— Vous qui savez qui je suis, vous savez

sans doute également que mon silence est un devoir, et vous m'encouragerez à y persister. »

Un des manteaux rouges se pencha, fit signe à un des manteaux noirs, et en un instant tous les manteaux noirs sortirent de la salle, à l'exception de l'examinateur qui resta à sa place, et reprit la parole en ces termes :

« Comtesse de Rudolstadt, maintenant que l'examen devient secret, et que vous êtes seule en présence de vos juges, nierez-vous que vous soyez légitimement mariée au comte Albert Podiebrad, dit de Rudolstadt par les prétenions de sa famille ?

— Avant de répondre à cette question, dit Consuelo avec fermeté, je demande à savoir quelle autorité dispose ici de moi, et quelle loi m'oblige à la reconnaître.

— Quelle loi prétendrais-tu donc invoquer ? Est-ce une loi divine ou humaine ? La loi so-

ciale te place encore sous la dépendance absolue
de Frédéric II, roi de Prusse, électeur de Bran-
debourg, sur les terres duquel nous t'avons
enlevée pour te soustraire à une captivité in-
définie, et à des dangers plus affreux encore,
tu le sais !

— Je sais, dit Consuelo en fléchissant le
genou, qu'une reconnaissance éternelle me lie
à vous. Je ne prétends donc invoquer que la
loi divine, et je vous prie de me définir celle
de la reconnaissance. Me commande-t-elle de
vous bénir et de me dévouer à vous du fond
de mon cœur ? je l'accepte : mais si elle me
prescrit de manquer, pour vous complaire, aux
arrêts de ma conscience, ne dois-je pas la ré-
cuser ? Jugez vous-mêmes.

—Puisses-tu penser et agir dans le monde
comme tu parles ! Mais les circonstances qui
te placent ici dans notre dépendance échap-
pent à tous les raisonnements ordinaires.

Nous sommes au-dessus de toute loi humaine,
tu as pu le reconnaître à notre puissance.
Nous sommes également en dehors de toute
considération humaine : préjugés de fortune,
de rang et de naissance, scrupules et délicatesse de position, crainte de l'opinion, respect
même des engagements contractés avec les
idées et les personnes du monde, rien de tout
cela n'a de sens pour nous, ni de valeur à
nos yeux, alors que réunis loin de l'œil des
hommes, et armés du glaive de la justice de
Dieu, nous pesons dans le creux de notre
main les hochets de votre frivole et craintive
existence. Explique-toi donc sans détour devant nous qui sommes les appuis, la famille
et la loi vivante de tout être libre. Nous ne
t'écouterons pas, que nous ne sachions en
quelle qualité tu comparais ici. Est-ce la Zingarella Consuelo, est-ce la comtesse de Rudolstadt qui nous invoque ?

— La comtesse de Rudolstadt, ayant renoncé à tous ses droits dans la société, n'en a aucun à réclamer ici. La Zingarella Consuelo.....

— Arrête, et pèse les paroles que tu viens de dire. Si ton époux était vivant, aurais-tu le droit de lui retirer ta foi, d'abjurer son nom, de repousser sa fortune, en un mot, de redevenir la Zingarella Consuelo, pour ménager l'orgueil puéril et insensé de sa famille et de sa caste ?

— Non sans doute.

— Et penses-tu donc que la mort ait rompu à jamais vos liens? ne dois-tu à la mémoire d'Albert ni respect, ni amour, ni fidélité ? »

Consuelo rougit et se troubla ; puis elle redevint pâle. L'idée qu'on allait, comme Cagliostro et le comte de Saint-Germain, lui parler de la résurrection possible d'Albert, et même lui en montrer le fantôme, la remplit d'une telle frayeur, qu'elle ne put répondre.

« Epouse d'Albert Podiebrad, reprit l'examinateur, ton silence t'accuse. Albert est mort tout entier pour toi, et ton mariage n'est à tes yeux qu'un incident de ta vie aventureuse, sans aucune conséquence, sans aucune obligation pour l'avenir. Zingara, tu peux te retirer. Nous ne nous sommes intéressés à ton sort qu'en raison de tes liens avec le plus excellent des hommes. Tu n'étais pas digne de notre amour, car tu ne fus pas digne du sien. Nous ne regrettons pas la liberté que nous t'avons rendue; toute réparation des maux qu'inflige le despotisme est un devoir et une jouissance pour nous. Mais notre protection n'ira pas plus loin. Dès demain tu quitteras cet asile que nous t'avions donné avec l'espérance que tu en sortirais purifiée et sanctifiée : tu retourneras au monde: à la chimère de la gloire, à l'enivrement des folles passions. Que Dieu ait pitié de toi ! nous t'abandonnons sans retour. »

Consuelo resta quelques moments attérée sous cet arrêt. Quelques jours plus tôt, elle ne l'eût pas accepté sans appel ; mais le mot de *folles passions* qui venait d'être prononcé lui remettait sous les yeux, à cette heure, l'amour insensé qu'elle avait conçu pour *l'inconnu*, et qu'elle avait accueilli dans son cœur presque sans examen et sans combat.

Elle était humiliée à ses propres yeux, et la sentence des Invisibles lui paraissait méritée jusqu'à un certain point. L'austérité de leur langage lui inspirait un respect mêlé de terreur, et elle ne songeait plus à se révolter contre le droit qu'ils s'attribuaient de la juger et de la condamner, comme un être relevant de leur autorité. Il est rare que, quelle que soit notre fierté naturelle, ou l'irréprochabilité de notre vie, nous ne subissions pas l'ascendant d'une

parole grave qui nous accuse au dépourvu, et
qu'au lieu de discuter avec elle, nous ne fas-
sions pas un retour sur nous-mêmes pour voir
avant tout, si nous ne méritons pas ce blâme.
Consuelo ne se sentait pas à l'abri de tout reproche , et l'appareil déployé autour d'elle
rendait sa position singulièrement pénible.
Cependant, elle se rappela promptement
qu'elle n'avait pas demandé à comparaître devant ce tribunal sans s'être préparée et résignée à sa rigueur. Elle y était venue, résolue
à subir des admonestations , un châtiment
quelconque, s'il le fallait, pourvu que le chevalier fût disculpé ou pardonné. Mettant donc
de côté tout amour-propre, elle accepta les reproches sans amertume, et médita quelques
instants sa réponse.

« Il est possible que je mérite cette dure
malédiction, dit-elle enfin; je suis loin d'être
contente de moi. Mais en venant ici je me

suis fait des Invisibles une idée que je veux
vous dire. Le peu que j'ai appris de vous par
la rumeur populaire , et le bienfait de la liberté que je tiens de vous, m'ont fait penser
que vous étiez des hommes aussi parfaits dans
la vertu que puissants dans la société. Si vous
êtes tels que je me plais à le croire, d'où vient
que vous me repoussez si brusquement , sans
m'avoir indiqué la route à suivre pour sortir de
l'erreur et pour devenir digne de votre protection ? Je sais qu'à cause d'Albert de Rudolstadt, le plus excellent des hommes, comme
vous l'avez bien nommé, sa veuve méritait
quelque intérêt; mais ne fussé-je pas la femme
d'Albert, ou bien eussé-je été en tout temps
indigne de l'être, la Zingara Consuelo , la
fille sans nom, sans famille et sans patrie ,
n'a-t-elle pas encore des droits à votre sollicitude paternelle ? Supposez que je sois une
grande pécheresse ; n'êtes-vous pas comme

le royaume des cieux où la conversion d'un maudit apporte plus de joie que la persévérance de cent élus ? Enfin, si la loi qui vous rassemble et qui vous inspire est une loi divine, vous y manquez en me repoussant. Vous aviez entrepris, dites-vous, de me purifier et de me sanctifier. Essayez d'élever mon âme à la hauteur de la vôtre. Je suis ignorante, et non rebelle. Prouvez-moi que vous êtes saints, en vous montrant patients et miséricordieux, et je vous accepterai pour mes maîtres et mes modèles. »

Il y eut un moment de silence. L'examinateur se retourna vers les juges, et ils parurent se consulter. Enfin l'un d'eux prit la parole et dit :

« Consuelo, tu t'es présentée ici avec orgueil ; pourquoi ne veux-tu pas te retirer de même ? Nous avions le droit de te blâmer, puisque tu venais nous interroger. Nous n'a-

vons pas celui d'enchaîner ta conscience et de
nous emparer de ta vie, si tu ne nous abandonnes volontairement et librement l'une
et l'autre. Pouvons-nous te demander ce sacrifice ? Tu ne nous connais pas. Ce tribunal
dont tu invoques la sainteté est peut-être le
plus pervers ou tout au moins le plus audacieux
qui ait jamais agi dans les ténèbres contre les
principes qui régissent le monde : qu'en sais-
tu ? Et si nous avions à te révéler la science
profonde d'une vertu toute nouvelle, aurais-
tu le courage de te vouer à une étude si longue et si ardue, avant d'en savoir le but ? Nous-
mêmes pourrions-nous prendre confiance
dans la foi persévérante d'un néophyte aussi
mal préparé que toi ? Nous aurions peut-
être des secrets importants à te confier, et nous
n'en chercherions la garantie que dans tes
instincts généreux ; nous les connaissons assez pour croire à ta discrétion : mais ce n'est

pas de confidents discrets que nous avons besoin; nous n'en manquons pas. Nous avons
besoin, pour faire avancer la loi de Dieu, de
disciples fervents, libres de tous préjugés, de
tout égoïsme, de toutes passions frivoles, de
toutes habitudes mondaines. Descends en toi-
même, peux-tu nous faire tous ces sacrifices?
Peux-tu modeler tes actions et calquer ta vie
sur les instincts que tu ressens, et sur les
principes que nous te donnerions pour les
développer? Femme, artiste, enfant, oserais-
tu répondre que tu peux t'associer à des hommes graves pour travailler à l'œuvre des
siècles?

— Tout ce que vous dites est bien sérieux,
en effet, répondit Consuelo, et je le comprends
à peine. Voulez-vous me donner le temps d'y
réfléchir? Ne me chassez pas de votre sein sans
avoir interrogé mon cœur. J'ignore s'il est digne des lumières que vous y pouvez répandre.

Mais quelle âme sincère est indigne de la vérité ? En quoi puis-je vous être utile ? Je m'ef-
fraye de mon impuissance. Femme et artiste,
c'est-à-dire enfant ! mais pour me protéger
comme vous l'avez fait, il faut que vous ayez
pressenti en moi quelque chose... Et moi,
quelque chose me dit que je ne dois pas vous
quitter sans avoir essayé de vous prouver ma
reconnaissance. Ne me bannissez donc pas :
essayez de m'instruire.

— Nous t'accordons encore huit jours pour
faire tes réflexions, reprit le juge en robe rouge qui avait déjà parlé ; mais tu dois auparavant t'engager sur l'honneur à ne pas faire
la moindre tentative pour savoir où tu es, et
quelles sont les personnes que tu vois ici. Tu
dois t'engager également à ne pas franchir
l'enceinte réservée à tes promenades, quand
même tu verrais les portes ouvertes et les spectres de tes plus chers amis te faire signe. Tu

dois n'adresser aucune question aux gens qui
te servent, ni à quiconque pourrait pénétrer
clandestinement chez toi.

— Cela n'arrivera jamais, répondit vivement Consuelo; je m'engage, si vous le voulez,
à ne jamais recevoir personne sans votre au-
torisation, et en revanche je vous demande
humblement la grâce...

— Tu n'as point de grâce à nous demander,
point de conditions à proposer. Tous les besoins de ton âme et de ton corps ont été pré-
vus pour le temps que tu avais à passer ici. Si
tu regrettes quelque parent, quelque ami, quelque serviteur, tu es libre de partir. La solitude
ou une société réglée comme nous l'entendons
sera ton partage chez nous.

— Je ne demande rien pour moi-même;
mais on m'a dit qu'un de vos amis, un de
vos disciples ou de vos serviteurs (car j'ignore
le rang qu'il occupe parmi vous) subissait à

cause de moi un châtiment sévère. Me voici prête à m'accuser des torts qu'on lui impute, et c'est pour cela que j'ai demandé à comparaître devant vous.

— Est-ce une confession sincère et détaillée que tu offres de nous faire ?

—S'il le faut pour qu'il soit absous... quoique ce soit, pour une femme, une étrange torture morale que de se confesser hautement devant huit hommes...

— Epargne-toi cette humiliation. Nous n'aurions aucune garantie de ta sincérité, et d'ailleurs nous n'avions encore tout à l'heure aucun droit sur toi. Ce que tu as dit, ce que tu as pensé il y a une heure, rentre pour nous dans ton passé. Mais songe qu'à partir de cet instant nous sommes les maîtres de sonder les plus secrets replis de ton âme. C'est à toi de garder cette âme assez pure pour être toujours prête à nous la dévoiler sans souffrance et sans honte.

— Votre générosité est délicate et paternelle. Mais il ne s'agit pas de moi seule ici. Un
autre expie mes torts. Ne dois-je pas le justifier ?

— Ce soin ne te regarde pas. S'il est un
coupable parmi nous, il se disculpera lui-
même, non par de vaines défaites et de témé-
raires allégations, mais par des actes de courage, de dévouement et de vertu. Si son âme
a chancelé, nous la relèverons et nous l'aide-
rons à se vaincre. Tu parles de châtiment rigoureux ; nous n'infligeons que des châtiments
moraux. Cet homme, quel qu'il soit, est notre
égal, notre frère; il n'y a chez nous ni maîtres,
ni serviteurs, ni sujets, ni princes : de faux
rapports t'ont sans doute abusée. Va en paix
et ne pêche point. »

A ce dernier mot, l'examinateur agita une
sonnette; les deux hommes noirs masqués et

armés rentrèrent, et, replaçant le capuchon sur la tête de Consuelo, ils la reconduisirent au pavillon par les mêmes détours souterrains qu'elle avait suivis pour s'en éloigner.

7

La Porporina n'ayant plus sujet, d'après le
langage bienveillant et paternel des Invisibles,
d'être sérieusement inquiète du chevalier, et
jugeant que Matteus n'avait pas vu très clair
dans cette affaire, éprouva, en quittant ce mystérieux conciliabule, un grand soulagement

d'esprit. Tout ce qu'on venait de lui dire flottait dans son imagination comme des rayons
derrière un nuage; et l'inquiétude ni l'effort
de la volonté ne la soutenant plus, elle éprouva bientôt en marchant une fatigue insurmontable. La faim se fit sentir assez cruellement,
le capuchon gommé l'étouffait. Elle s'arrêta
plusieurs fois, fut forcée d'accepter les bras
de ses guides pour continuer sa route, et, en
arrivant dans sa chambre, elle tomba en faiblesse. Peu d'instants après, elle se sentit ra-
nimée par un flacon qui lui fut présenté, et
par l'air bienfaisant qui circulait dans l'appartement. Alors elle remarqua que les hommes qui l'avaient ramenée sortaient à la hâte,
tandis que Matteus s'empressait de servir un
souper des plus appétissants, et que le petit
docteur masqué, qui l'avait mise en léthargie
pour l'amener à cette résidence, lui tâtait le
pouls et lui prodiguait ses soins. Elle le recon-

naissait facilement à sa perruque, et à sa voix qu'elle avait entendue quelque part, sans pouvoir dire en quelle circonstance.

« Cher docteur, lui dit-elle en souriant, je crois que la meilleure prescription sera de me faire souper bien vite. Je n'ai pas d'autre mal que la faim; mais je vous supplie de m'épargner cette fois le café que vous faites si bien. Je crois que je ne serais plus de force à le supporter.

— Le café préparé par moi, répondit le docteur, est un calmant recommandable. Mais soyez tranquille, madame la comtesse : mon ordonnance ne porte rien de semblable. Aujourd'hui voulez-vous vous fier à moi et me permettre de souper avec vous? La volonté de Son Altesse est que je ne vous quitte pas avant que vous soyez complétement rétablie, et je pense que, dans une demi-heure, la réfection aura chassé cette faiblesse entièrement.

— Si tel est le bon plaisir de Son Altesse
et le vôtre, monsieur le docteur, ce sera le
mien aussi d'avoir l'honneur de votre compagnie pour souper, dit Consuelo en laissant
rouler son fauteuil par Matteus auprès de la
table.

— Ma compagnie ne vous sera pas inutile,
reprit le docteur, en commençant à démolir
un superbe pâté de faisans, et à découper ces
volatiles avec la dextérité d'un praticien con-
sommé. Sans moi, vous vous laisseriez aller à
la voracité insurmontable qu'on éprouve après
un long jeûne, et vous pourriez vous en mal
trouver. Moi qui ne crains pas un pareil incon-
vénient, j'aurai soin de vous compter les mor-
ceaux, tout en les mettant doubles sur mon as-
siette. »

La voix de ce docteur gastronome occupait
Consuelo malgré elle. Mais sa surprise fut
grande lorsque, détachant lestement son mas-

que, il le posa sur la table en disant : « Au
diable cette puérilité qui m'empêche de respirer et de sentir le goût de ce que je mange ! »
Consuelo tressaillit en reconnaissant, dans ce
viveur de médecin, celui qu'elle avait vu au
lit de mort de son mari, le docteur Supperville, premier médecin de la margrave de Ba-
reith. Elle l'avait aperçu de loin à Berlin depuis, sans avoir le courage de le regarder ni
de lui parler. En ce moment le contraste de
son appétit glouton avec l'émotion et l'acca-
blement qu'elle éprouvait, lui rappelèrent la
sécheresse de ses idées et de ses discours au
milieu de la consternation et de la douleur de
la famille de Rudolstadt, et elle eut peine à
lui cacher l'impression désagréable qu'il lui
causait. Mais le Supperville, absorbé par le
fumet du faisan, paraissait ne faire aucune attention à son trouble.

Matteus vint compléter le ridicule de la si-

tuation où se plaçait le docteur, par une exclamation naïve. Le circonspect serviteur le
servait depuis cinq minutes sans s'apercevoir qu'il avait le visage découvert, et ce ne
fut qu'au moment de prendre le masque pour
le couvercle du pâté, et de le placer méthodi-
quement sur la brèche ouverte, qu'il s'écria
avec terreur : « Miséricorde, monsieur le docteur, vous avez laissé choir votre *visage* sur
la table !

— Au diable ce visage d'étoffe! te dis-je.
Je ne pourrai jamais m'habituer à manger
avec cela. Mets-le dans un coin, tu me le rendras quand je sortirai.

— Comme il vous plaira, monsieur le docteur, dit Matteus d'un ton consterné. Je m'en
lave les mains. Mais Votre Seigneurie n'ignore
pas que je suis forcé tous les soirs de rendre
compte de point en point de tout ce qui s'est
fait et dit ici. J'aurai beau dire que votre *vi-*

sage s'est détaché par mégarde, je ne pourrai pas nier que madame n'ait vu ce qui était dessous.

— Fort bien, mon brave. Tu feras ton rapport, dit le docteur sans se déconcerter.

— Et vous remarquerez, monsieur Matteus, observa Consuelo, que je n'ai aucunement provoqué M. le docteur à cette désobéissance, et que ce n'est pas ma faute si je l'ai reconnu.

— Soyez donc tranquille, madame la comtesse, reprit Supperville la bouche pleine. Le prince n'est pas si diable qu'il est noir, et je ne le crains guère. Je lui dirai que, puisqu'il m'avait autorisé à souper avec vous, il m'avait autorisé par cela même à me délivrer de tout obstacle à la mastication et à la déglutition. D'ailleurs j'avais l'honneur d'être trop bien connu de vous pour que le son de ma voix ne m'eût pas déjà trahi. C'est donc une vaine formalité dont je me débarrasse, et dont le prince fera bon marché tout le premier.

— C'est égal, monsieur le docteur, dit Matteus scandalisé, j'aime mieux que vous ayez fait cette plaisanterie-là que moi. »

Le docteur haussa les épaules, railla le timoré Matteus, mangea énormément et but à proportion : après quoi, Matteus s'étant retiré pour changer le service, il rapprocha un peu sa chaise, baissa la voix, et parla ainsi à Consuelo :

« Chère signora, je ne suis pas si gourmand que j'en ai l'air (Supperville, étant convenablement repu, parlait ainsi fort à son aise), et mon but, en venant souper avec vous, était de vous instruire de choses importantes qui vous intéressent très particulièrement.

— De quelle part et en quel nom voulez-vous me révéler ces choses, monsieur ? dit

Consuelo, qui se rappelait la promesse qu'elle venait de faire aux Invisibles.

— C'est de mon plein droit et de mon plein gré, répondit Supperville. Ne vous inquiétez donc pas. Je ne suis pas un mouchard, moi, et je parle à cœur ouvert, peu soucieux qu'on répète mes paroles. »

Consuelo pensa un instant que son devoir était de fermer absolument la bouche au docteur, afin de ne pas se rendre complice de sa trahison : mais elle pensa aussi qu'un homme, dévoué aux Invisibles au point de se charger d'empoisonner à demi les gens pour les amener, à leur insu, dans ce château, ne pouvait agir comme il le faisait sans y être secrètement autorisé. C'est un piège qu'on me tend, pensa-t-elle. C'est une série d'épreuves qui commence. Voyons, et observons l'attaque.

« Il faut donc, madame, continua le docteur, que je vous dise où et chez qui vous êtes. »

«Nous y voilà! » se dit Consuelo ; et elle
se hâta de répondre : « Grand merci, monsieur le docteur, je ne vous l'ai pas demandé,
et je désire ne pas le savoir.

— *Ta ta ta!* reprit Supperville, vous voilà
tombée dans la voie romanesque où il plaît au
prince d'entraîner tous ses amis. Mais n'allez
point donner sérieusement dans ces sornet-
tes-là : le moins qui pourrait vous en arriver
serait de devenir folle et de grossir son cor-
tége d'aliénés et de visionnaires. Je n'ai pas
l'intention, pour ma part, de manquer à la
parole que je lui ai donnée de ne vous dire ni
son nom ni celui du lieu où vous vous trou-
vez. C'est là d'ailleurs ce qui doit le moins
vous préoccuper ; car ce ne serait qu'une satisfaction pour votre curiosité, et ce n'est pas
cette maladie que je veux traiter chez vous ;
c'est l'excès de confiance, au contraire. Vous
pouvez donc apprendre, sans lui désobéir et

sans risquer de lui déplaire (je suis intéressé
à ne pas vous trahir), que vous êtes ici chez le
meilleur et le plus absurde des vieillards. Un
homme d'esprit, un philosophe, une âme courageuse et tendre jusqu'à l'héroïsme, jusqu'à
la démence. Un rêveur qui traite l'idéal comme une réalité, et la vie comme un roman.
Un savant qui, à force de lire les écrits des
sages et de chercher la quintessence des idées,
est arrivé, comme don Quichotte après la lecture de tous ses livres de chevalerie, à prendre les auberges pour des châteaux, les galé-
riens pour d'innocentes victimes, et les mou-
lins à vent pour des monstres. Enfin un saint,
si on ne considère que la beauté de ses intentions, un fou si on en pèse le résultat. Il a
imaginé, entre autres choses, un réseau de
conspiration permanente et universelle pour
prendre à la nasse et paralyser l'action des
méchants dans le monde : 1° combattre et

contrarier la tyrannie des gouvernants ; 2° réformer l'immoralité ou la barbarie des lois
qui régissent les sociétés ; 3° verser dans le
cœur de tous les hommes de courage et de dévouement l'enthousiasme de sa propagande et
le zèle de sa doctrine. Rien que çà ? hein ? et il
croit y parvenir ! Encore s'il était secondé par
quelques hommes sincères et raisonnables, le
peu de bien qu'il réussit à faire pourrait porter ses fruits ! Mais, par malheur, il est envi-
ronné d'une clique d'intrigants et d'imposteurs audacieux qui feignent de partager sa
foi et de servir ses projets, et qui se servent
de son crédit pour accaparer de bonnes places
dans toutes les cours de l'Europe, non sans se
mettre au bout des doigts la meilleure partie
de l'argent destiné à ses bonnes œuvres. Voilà
l'homme et son entourage. C'est à vous de
juger dans quelles mains vous êtes, et si cette
protection généreuse qui vous a heureuse-

ment tirée des griffes du petit Fritz ne risque
pas de vous faire tomber pire, à force de vouloir vous élever dans les nues. Vous voilà
avertie. Méfiez-vous des belles promesses, des
beaux discours, des scènes de tragédie, des
tours de passe-passe des Cagliostro, des Saint-
Germain et consorts.

— Ces deux derniers personnages sont-ils
donc actuellement ici? demanda Consuelo un
peu troublée, et flottante entre le danger d'ê-
tre jouée par le docteur et la vraisemblance
de ses assertions.

— Je n'en sais rien, répondit-il. Tout s'y
passe mystérieusement. Il y a deux châteaux :
un visible et palpable, où l'on voit arriver des
gens du monde qui ne se doutent de rien, où
l'on donne des fêtes, où l'on déploie l'appareil d'une existence princière, frivole et inof-
fensive. Ce château-là couvre et cache l'autre, qui est un petit monde souterrain assez

habilement masqué. Dans le château invisible
s'élucubrent tous les songes creux de Son Altesse. Novateurs, réformateurs, inventeurs,
sorciers, prophètes, alchimistes, tous architectes d'une société nouvelle toujours prête,
selon leur dire, à avaler l'ancienne demain ou
après-demain ; voilà les hôtes mystérieux que
l'on reçoit, que l'on héberge, et que l'on con-
sulte sans que personne le sache à la surface
du sol, ou du moins sans qu'aucun profane
puisse expliquer le bruit des caves autrement
que par la présence d'esprits follets et de re-
venants tracassiers dans les œuvres basses du
bâtiment. Maintenant concluez : les susdits
charlatans peuvent être à cent lieues d'ici, car
ils sont grands voyageurs de leur nature, ou à
cent pas de nous, dans de bonnes chambres
à portes secrètes et à double fond. On dit que
ce vieux château a servi autrefois de rendez-
vous aux francs-juges, et que depuis, à cause

de certaines traditions héréditaires, les ancêtres de notre prince se sont toujours divertis
à y tramer des complots terribles, qui n'ont
jamais, que je sache, abouti à rien. C'est une
vieille mode du pays, et les plus illustres cer-
veaux ne sont pas ceux qui y donnent le moins.
Moi, je ne suis pas initié aux merveilles du
château invisible. Je passe ici quelques jours
de temps en temps, quand ma souveraine, la
princesse Sophie de Prusse, margrave de Ba-
reith, me donne la permission d'aller prendre
l'air hors de ses États. Or, comme je m'ennuie
prodigieusement à la délicieuse cour de Ba-
reith, qu'au fond j'ai de l'attachement pour le
prince dont nous parlons, et que je ne suis
pas fâché de jouer parfois un petit tour au
grand Frédéric que je déteste, je rends au
susdit prince quelques services désintéressés,
et dont je me divertis tout le premier. Comme
je ne reçois d'ordres que de lui, ces services

sont toujours fort innocents. Celui d'aider à
vous tirer de Spandaw, et de vous amener ici
comme une pauvre colombe endormie, n'a-
vait rien qui me répugnât. Je savais que vous
y seriez bien traitée, et je pensais que vous
auriez occasion de vous y amuser. Mais si, au
contraire, on vous y tourmente, si les con-
seillers charlatans de Son Altesse prétendent
s'y emparer de vous, et vous faire servir à
leurs intrigues dans le monde...

— Je ne crains rien de semblable, répondit Consuelo de plus en plus frappée des explications du docteur. Je saurai me préserver
de leurs suggestions, si elles blessent ma droiture et révoltent ma conscience.

— En êtes-vous bien sûre, madame la
comtesse? reprit Supperville. Tenez! ne vous
y fiez pas, et ne vous vantez de rien. Des gens
fort raisonnables et fort honnêtes sont sortis
d'ici timbrés et tout prêts à mal faire. Tous

les moyens sont bons aux intrigants qui ex-
ploitent le prince, et ce cher prince est si facile à éblouir, que lui-même a mis la main à
la perdition de quelques bonnes âmes en
croyant les sauver. Sachez que ces intrigants
sont fort habiles, qu'ils ont des secrets pour
effrayer, pour convaincre, pour émouvoir,
pour enivrer les sens et frapper l'imagination.
D'abord une persistance de tracasseries et une
foule de petits moyens incompréhensibles : et
puis des recettes, des systèmes, des prestiges
à leur service. Ils vous enverront des spectres,
ils vous feront jeûner pour vous ôter la lucidité de l'esprit, ils vous assiégeront de fantas-
magories riantes ou affreuses. Enfin ils vous
rendront superstitieuse, folle peut-être,
comme j'ai eu l'honneur de vous le dire, et
alors...

— Et alors? que peuvent-ils attendre de
moi? que suis-je dans le monde pour qu'ils

aient besoin de m'attirer dans leurs filets?

— Oui-dà! La comtesse de Rudolstadt ne s'en doute pas?

— Nullement, monsieur le docteur.

— Vous devez vous rappeler pourtant que mons Cagliostro vous a fait voir feu le comte Albert, votre mari, vivant et agissant?

— Comment savez-vous cela, si vous n'êtes pas initié aux mystères du monde souterrain dont vous parlez?

— Vous l'avez raconté à la princesse Amélie de Prusse, qui est un peu bavarde, comme toutes les personnes curieuses. Ignorez-vous, d'ailleurs, qu'elle est fort liée avec le spectre du comte de Rudolstadt?

— Un certain Trismégiste, à ce qu'on m'a dit!

— Précisément. J'ai vu ce Trismégiste, et il est de fait qu'il ressemble au comte d'une manière surprenante au premier abord. On peut le faire ressembler davantage en le coiffant et en l'habillant comme le comte avait coutume d'être, en lui rendant le visage blême, et en lui faisant étudier l'allure et les manières du défunt. Comprenez-vous maintenant?

— Moins que jamais. Quel intérêt aurait-on à faire passer cet homme pour le comte Albert?

— Que vous êtes simple et loyale! Le comte Albert est mort, laissant une grande fortune, qui va tomber en quenouille, des mains de la chanoinesse Wenceslawa à celles de la petite baronne Amélie, cousine du comte Albert, à moins que vous ne fassiez valoir vos droits à un douaire ou à une jouissance viagère. On tâchera d'abord de vous y décider...

— Il est vrai, s'écria Consuelo, vous m'éclairez sur le sens de certaines paroles!

— Ce n'est rien encore : cette jouissance
viagère, très contestable, du moins en partie,
ne satisferait pas l'appétit des chevaliers d'industrie qui veulent vous accaparer. Vous n'a-
vez pas d'enfant; il vous faut un mari. Eh
bien! le comte Albert n'est pas mort : il était
en léthargie, on l'a enterré vivant; le diable
l'a tiré de là ; M. de Cagliostro lui a donné une
potion; M. de Saint-Germain l'a emmené pro-
mener. Bref, au bout d'un ou deux ans il re-
paraît, raconte ses aventures, se jette à vos
pieds, consomme son mariage avec vous, part
pour le château des Géants, se fait reconnaître
de la vieille chanoinesse et de quelques vieux
serviteurs qui n'y voient pas très-clair, provo-
que une enquête, s'il y a contestation, et paye
les témoins. Il fait même le voyage de Vienne
avec son épouse fidèle, pour réclamer ses
droits auprès de l'impératrice. Un peu de
scandale ne nuit pas à ces sortes d'affaires.

Toutes les grandes dames s'intéressent à un bel homme, victime d'une funeste aventure et de l'ignorance d'un sot médecin. Le prince de Kaunitz, qui ne hait pas les cantatrices, vous protége; votre cause triomphe; vous retournez victorieuse à Riesenburg, vous mettez à la porte votre cousine Amélie; vous êtes riche et puissante; vous vous associez au prince d'*ici* et à ses charlatans pour réformer la société et changer la face du monde. Tout cela est fort agréable, et ne coûte que la peine de se tromper un peu, en prenant à la place d'un illustre époux un bel aventurier, homme d'esprit, et grand diseur de bonne aventure par dessus le marché. Y êtes-vous, maintenant? Faites vos réflexions. Il était de mon devoir, comme médecin, comme ami de la famille de Rudolstadt, et comme homme d'honneur, de vous dire tout cela. On avait compté sur moi pour constater, dans l'occasion, l'i-

dentité du Trismégiste avec le comte Albert.
Mais moi qui l'ai vu mourir, non avec les yeux
de l'imagination, mais avec ceux de la science, moi qui ai fort bien remarqué certaines
différences entre ces deux hommes, et qui
sais qu'à Berlin on connaît l'aventurier de
longue date, je ne me prêterai point à une pareille imposture. Grand merci! Je sais que
vous ne vous y prêteriez pas davantage, mais
qu'on mettra tout en œuvre pour vous persuader que le comte Albert a grandi de deux
pouces et pris de la fraîcheur et de la santé
dans son cercueil. J'entends ce Matteus qui
revient; c'est une bonne bête, qui ne se doute
de rien. Moi, je me retire, j'ai dit. Je quitte
ce château dans une heure, n'ayant que faire
ici davantage. »

Après avoir parlé ainsi avec une remarquable volubilité, le docteur remit son masque,
salua profondément Consuelo, et se retira,

la laissant achever son souper toute seule si bon lui semblait : elle n'était guère disposée à le faire. Bouleversée et atterrée de tout ce qu'elle venait d'entendre, elle se retira dans sa chambre, et n'y trouva un peu de repos qu'après avoir souffert longtemps les plus douloureuses perplexités et les plus vagues angoisses du doute et de l'inquiétude.

8

Le lendemain Consuelo se sentit brisée
au moral et au physique. Les cyniques révélations de Supperville, succédant brusquement aux paternels encouragemen!s des Invisibles, lui faisaient l'effet d'une immersion
d'eau glacée après une bienfaisante chaleur.

Elle s'était élevée un instant vers le ciel, pour retomber aussitôt sur la terre. Elle en voulait presque au docteur de l'avoir désabusée ; car déjà elle s'était plu, dans ses rêves, à revêtir d'une éclatante majesté ce tribunal auguste qui lui tendait les bras, comme une famille d'adoption, comme un refuge contre les dangers du monde et les égarements de la jeunesse.

Le docteur semblait mériter pourtant de la gratitude, et Consuelo le reconnaissait sans pouvoir en éprouver pour lui ; sa conduite n'était-elle pas d'un homme sincère, courageux et désintéressé ? Mais Consuelo le trouvait trop sceptique, trop matérialiste, trop porté à mépriser les bonnes intentions et à railler les beaux caractères. Quoi qu'il lui eût dit de la crédulité imprudente et dangereuse du prince anonyme, elle se faisait encore une haute idée de ce noble vieillard, ardent

pour le bien comme un jeune homme, et naïf
comme un enfant dans sa foi à la perfectibi-
lité humaine. Les discours qu'on lui avait
tenus dans la salle souterraine lui revenaient
à l'esprit, et lui paraissaient remplis d'autorité calme et d'austère sagesse. La charité et
la bonté y perçaient sous les menaces et sous
les réticences d'une sévérité affectée, prête
à se démentir au moindre élan du cœur de
Consuelo. Des fourbes, des cupides, des charlatans auraient-ils parlé et agi ainsi envers
elle? Leur vaillante entreprise de réformer
le monde, si ridicule aux yeux du frondeur
Supperville, répondait au vœu éternel, aux
romanesques espérances, à la foi enthousiaste qu'Albert avait inspirées à son épouse,
et qu'elle avait retrouvées avec une bien-
veillante sympathie dans la tête malade,
mais généreuse de Gottlieb. Ce Supperville
n'était-il pas haïssable de vouloir l'en dis-

suader, et de lui ôter sa foi en Dieu, en
même temps que sa confiance dans les Invisibles?

Consuelo, bien plus portée à la poésie de
l'âme qu'à la sèche appréciation des tristes
réalités de la vie présente, se débattait sous
les arrêts de Supperville et s'efforçait de les
repousser. Ne s'était-il pas livré à des suppositions gratuites, lui qui avouait n'être pas
initié au *monde souterrain*, et qui paraissait
même ignorer le nom et l'existence du conseil des Invisibles? Que Trismégiste fût un
chevalier d'industrie, cela était possible,
quoique la princesse Amélie affirmât le contraire, et que l'amitié du comte Golowkin,
le meilleur et le plus sage des grands que
Consuelo eût rencontrés à Berlin, parlât en
sa faveur. Que Cagliostro et Saint-Germain
fussent aussi des imposteurs, cela se pouvait
encore supposer, bien qu'ils eussent pu, eux

aussi, être trompés par une ressemblance
extraordinaire. Mais en confondant ces trois
aventuriers dans le même mépris, il n'en
ressortait pas qu'ils fissent partie du conseil
des Invisibles, ni que cette association d'hommes vertueux ne pût repousser leurs suggestions aussitôt que Consuelo aurait constaté
elle-même que Trismégiste n'était pas Albert. Ne serait-il pas temps de leur retirer
sa confiance après cette épreuve décisive,
s'ils persistaient à vouloir la tromper si gros-
sièrement ? Jusque-là, Consuelo voulut tenter la destinée et connaître davantage ces
Invisibles à qui elle devait sa liberté, et dont
les paternels reproches avaient été jusqu'à son
cœur. Ce fut à ce dernier parti qu'elle s'arrêta, et en attendant l'issue de l'aventure, elle
résolut de traiter tout ce que Supperville lui
avait dit comme une épreuve qu'il avait été
autorisé à lui faire subir, ou bien comme un

besoin d'épancher sa bile contre des rivaux
mieux vus et mieux traités que lui par le
prince.

Une dernière hypothèse tourmentait Consuelo plus que toutes les autres: Etait-il absolument impossible qu'Albert fût vivant? Supperville n'avait pas observé les phénomènes
qui avaient précédé, pendant deux ans, sa
dernière maladie. Il avait même refusé d'y
croire, s'obstinant à penser que les fré-
quentes absences du jeune comte dans le
souterrain étaient consacrées à de galants
rendez-vous avec Consuelo. Elle seule, avec
Zdenko, avaient le secret de ses crises léthar-
giques. L'amour-propre du docteur ne pouvait lui permettre d'avouer qu'il avait pu s'abuser en constatant la mort. Maintenant que Consuelo connaissait l'existence et la puissance
matérielle du conseil des Invisibles, elle osait se
livrer à bien des conjectures sur la manière

dont ils avaient pu arracher Albert aux hor-
reurs d'une sépulture anticipée et le recueil-
lir secrètement parmi eux pour des fins inconnues. Tout ce que Supperville lui avait
révélé des mystères du château et des bizar-
reries du prince, aidait à confirmer cette
supposition. La ressemblance d'un aventurier nommé Trismégiste, pouvait compli-
quer le merveilleux du fait, mais elle ne dé-
truisait pas sa possibilité. Cette pensée s'empara si fort de la pauvre Consuelo, qu'elle
tomba dans une profonde mélancolie. Albert
vivant, elle n'hésiterait pas à le rejoindre
dès qu'on le lui permettrait, et à se dévouer
à lui éternellement. Mais plus que jamais
elle sentait qu'elle devait souffrir d'un dévouement où l'amour n'entrerait pour rien.
Le chevalier se présentait à son imagination
comme une cause d'amers regrets, et à sa
conscience comme une source de futurs re-

mords. S'il fallait renoncer à lui, l'amour
naissant suivait la marche ordinaire des in-
clinations contrariées, il devenait passion.
Consuelo ne se demandait pas avec une hy-
pocrite résignation pourquoi ce cher Albert
voulait sortir de sa tombe où il était si bien ;
elle se disait qu'il était dans sa destinée de
se sacrifier à cet homme, peut être même
au delà du tombeau, et elle voulait accomplir cette destinée jusqu'au bout : mais elle
souffrait étrangement, et pleurait l'inconnu,
son plus involontaire, son plus ardent amour.

Elle fut tirée de ses méditations par un petit bruit et le frôlement d'une aile légère sur
son épaule. Elle fit une exclamation de surprise et de joie en voyant un joli rouge-gorge
voltiger dans sa chambre et s'approcher
d'elle sans frayeur. Au bout de quelques instants de réserve, il consentit à prendre une
mouche dans sa main.

« Est-ce toi, mon pauvre ami, mon fidèle
compagnon ? lui disait Consuelo avec des
larmes de joie enfantine. Serait-il possible
que tu m'eusses cherchée et retrouvée ici ?
Non, cela ne se peut. Jolie créature confiante, tu ressembles à mon ami et tu ne l'es
pas. Tu appartiens à quelque jardinier, et
tu t'es échappé de la serre où tu as passé
les jours froids parmi des fleurs toujours
belles. Viens à moi, consolateur du prisonnier ; puisque l'instinct de ta race te pousse
vers les solitaires et les captifs, je veux re-
porter sur toi toute l'amitié que j'avais pour
ton frère.

Consuelo jouait sérieusement depuis un
quart d'heure avec cette aimable bestiole,
lorsqu'elle entendit au dehors un petit sifflement qui parut faire tressaillir l'intelligente
créature. Elle laissa tomber les friandises
que lui avait prodiguées sa nouvelle amie,

hésita un peu, fit briller ses grands yeux
noirs, et tout-à-coup se détermina à prendre sa volée vers la fenêtre, entraînée par le
nouvel avertissement d'une autorité irrécu-
sable. Consuelo la suivit des yeux, et la vit
se perdre dans le feuillage. Mais en cherchant
à l'y découvrir encore, elle aperçut au fond
de son jardin, sur l'autre rive du ruisseau
qui le bornait, dans un endroit un peu découvert, un personnage facile à reconnaître
malgré la distance. C'était Gottlieb, qui se
traînait le long de l'eau d'une manière assez
réjouie, en chantant et en essayant de sautil-
ler. Consuelo, oubliant un peu la défense des
Invisibles, s'efforça, en agitant son mouchoir à la fenêtre, d'attirer son attention.
Mais il était absorbé par le soin de rappeler
son rouge-gorge. Il levait la tête vers les arbres en sifflant, et il s'éloigna sans avoir remarqué Consuelo.

« Dieu soit béni, et les Invisibles aussi, en
dépit de Supperville ! se dit–elle. Ce pauvre
enfant paraît heureux et mieux portant; son
ange gardien le rouge-gorge est avec lui. Il
me semble que c'est aussi pour moi le pré-
sage d'une riante destinée. Allons, ne dou-
tons plus de mes protecteurs : la méfiance
flétrit le cœur.

Elle chercha comment elle pourrait occu-
per son temps d'une manière fructueuse pour
se préparer à la nouvelle éducation morale
qu'on lui avait annoncée, et elle s'avisa de
lire, pour la première fois depuis qu'elle était
à ***. Elle entra dans la bibliothèque, sur laquelle elle n'avait encore jeté qu'un coup
d'œil distrait, et résolut d'examiner sérieusement le choix des livres qu'on avait mis à
sa disposition. Ils étaient peu nombreux, mais
extrêmement curieux et probablement fort
rares, sinon uniques pour la plupart. C'était

une collection des écrits des philosophes les
plus remarquables de toutes les époques et
de toutes les nations, mais abrégés et ré-
duits à l'essence de leurs doctrines, et tra-
duits dans les diverses langues que Consuelo
pouvait comprendre. Plusieurs, n'ayant jamais été publiés en traductions, étaient manuscrits, particulièrement ceux des hérétiques et novateurs célèbres du moyen-âge,
précieuses dépouilles du passé dont les frag-
ments importants, et même quelques exem-
plaires complets, avaient échappé aux recherches de l'inquisition, et anx dernières
violations exercées par les jésuites dans les
vieux châteaux hérétiques de l'Allemagne,
lors de la guerre de trente ans. Consuelo ne
pouvait apprécier la valeur de ces trésors
philosophiques recueillis par quelque biblio-
phile ardent, ou par quelque adepte courageux. Les originaux l'eussent intéressée à

cause des caractères et des vignettes, mais
elle n'en avait sous les yeux qu'une traduc-
tion, faite avec soin et calligraphiée avec élégance par quelque moderne. Cependant elle
rechercha de préférence les traductions fi-
dèles de Wickleff, de Jean Huss, et des philosophes chrétiens réformateurs qui se rat-
tachaient, dans les temps antérieurs, con-
temporains et subséquents, à ces pères de
la nouvelle ère religieuse. Elle ne les avait
pas lus, mais elle les connaissait assez bien
par ses longues conversations avec Albert.
En les feuilletant, elle ne les lut guère davantage, et pourtant elle les connut de
mieux en mieux. Consuelo avait l'âme essen-
tiellement religieuse, sans avoir l'esprit philosophique. Si elle n'eût vécu dans ce milieu
raisonneur et clairvoyant du monde de son
temps, elle eût facilement tourné à la superstition et au fanatisme. Telle qu'elle était

encore, elle comprenait mieux les discours
exaltés de Gottlieb que les écrits de Voltaire,
lus cependant avec ardeur par toutes les
belles dames de l'époque. Cette fille intelligente et simple, courageuse et tendre,
n'avait pas la tête façonnée aux subtilités du
raisonnement. Elle était toujours éclairée
par le cœur avant de l'être par le cerveau.
Saisissant toutes les révélations du sentiment par une prompte assimilation, elle pouvait être instruite philosophiquement ; et
elle l'avait été remarquablement pour son
âge, pour son sexe et pour sa position, par
l'enseignement d'une parole amie, de la parole éloquente et chaleureuse d'Albert. Les
organisations d'artistes acquièrent plus dans
les émotions d'un cours ou d'une prédication
que dans l'étude patiente et souvent froide
des livres. Telle était Consuelo : elle ne pouvait pas lire une page entière avec atten-

tion; mais si une grande pensée, heureusement rendue et résumée par une expression colorée, venait à la frapper, son âme s'y attachait; elle se la répétait comme une phrase musicale : le sens, quelque profond qu'il fût, la pénétrait comme un rayon divin. Elle vivait sur cette idée, elle l'appliquait à toutes ses émotions. Elle y puisait une force réelle, elle se la rappelait toute sa vie. Et ce n'était pas pour elle une vaine sentence, c'était une règle de conduite, une armure pour le combat. Qu'avait-elle besoin d'analyser et de résumer le livre où elle l'avait saisie? Tout ce livre se trouvait écrit dans son cœur, dès que l'inspiration qui l'avait produit s'était emparée d'elle. Sa destinée ne lui commandait pas d'aller au-delà. Elle ne prétendait pas à concevoir savamment un monde philosophique dans son esprit. Elle sentait la chaleur des secrètes révélations qui sont

accordées aux âmes poétiques lorsqu'elles
sont aimantes. C'est ainsi qu'elle lut pendant plusieurs jours sans rien lire. Elle n'eût
pu rendre compte de rien ; mais plus d'une
page où elle n'avait vu qu'une ligne fut
mouillée de ses larmes, et souvent elle courut au clavecin pour y improviser des chants
dont la tendresse et la grandeur furent l'expression brûlante et spontanée de son émotion généreuse.

Une semaine entière s'écoula pour elle
dans une solitude que ne troublèrent plus les
rapports de Matteus. Elle s'était promis de ne
plus lui adresser la moindre question, et peut-
être avait-il été tancé de son indiscrétion, car
il était devenu aussi taciturne qu'il avait été
prolixe dans les premiers jours. Le rouge-
gorge revint voir Consuelo tous les matins,
mais sans être accompagné de loin par Gottlieb. Il semblait que ce petit être (Consuelo

n'était pas loin de le croire enchanté) eût des heures régulières pour venir l'égayer de sa présence, et s'en retourner ponctuellement vers midi, auprès de son autre ami. Au fait, il n'y avait rien là de merveilleux. Les animaux en liberté ont des habitudes, et se font un emploi réglé de leurs journées, avec plus d'intelligence et de prévision encore que les animaux domestiques. Un jour, cependant, Consuelo remarqua qu'il ne volait pas aussi gracieusement qu'à l'ordinaire. Il paraissait contraint et impatienté. Au lieu de venir becqueter ses doigts, il ne songeait qu'à se débarrasser à coups d'ongles et de bec d'une entrave irritante. Consuelo s'approcha de lui, et vit un fil noir qui pendait à son aile. Le pauvre petit avait-il été pris dans un lacet, et ne s'en était-il échappé qu'à force de courage et d'adresse, emportant un bout de sa chaîne ? Elle n'eut pas de peine à

le prendre, mais elle en eut un peu à le délivrer d'un brin de soie adroitement croisé
sur son dos, et qui fixait sous l'aile gauche un très petit sachet d'étoffe brune fort
mince. Dans ce sachet elle trouva un billet
écrit en caractères imperceptibles sur un pa-
pier si fin, qu'elle craignait de le rompre avec
son souffle. Dès les premiers mots, elle vit
bien que c'était un message de son cher inconnu, Il contenait ce peu de mots : « On
m'a confié une œuvre généreuse, espérant
que le plaisir de faire le bien calmerait l'inquiétude de ma passion. Mais rien, pas même l'exercice de la charité, ne peut distraire
une âme où tu règnes. J'ai accompli ma tâche plus vite qu'on ne le croyait possible. Je
suis de retour, et je t'aime plus que jamais.
Le ciel pourtant s'éclaircit. J'ignore ce qui
s'est passé entre toi et *eux* ; mais ils sem-
blent plus favorables, et mon amour n'est

plus traité comme un crime, mais comme un malheur pour moi seulement. Un malheur ! Oh ! ils n'aiment pas ! Ils ne savent pas que je ne puis être malheureux si tu m'aimes ; et tu m'aimes, n'est-ce pas ? Dis-le au rouge-gorge de Spandau. C'est lui. Je l'ai apporté dans mon sein. Oh ! qu'il me paye de mes soins en m'apportant un mot de toi ! Gottlieb me le remettra fidèlement sans le regarder. »

Les mystères, les circonstances romanesques attisent le feu de l'amour. Consuelo éprouva la plus violente tentation de répondre, et la crainte de déplaire aux Invisibles, le scrupule de manquer à ses promesses ne la retinrent que faiblement, il faut bien l'avouer. Mais, en songeant qu'elle pouvait être découverte et provoquer un nouvel exil du chevalier, elle eut le courage de s'abstenir. Elle rendit la liberté au rouge-gorge sans lui confier un seul mot de réponse, mais non

sans répandre des larmes amères sur le
chagrin et le désappointement que cette sévérité causerait à son amant.

Elle essaya de reprendre ses études ; mais
ni la lecture ni le chant ne purent la distraire
de l'agitation qui bouillonnait dans son sein,
depuis qu'elle savait le chevalier près d'elle.
Elle ne pouvait s'empêcher d'espérer qu'il
désobéirait pour deux, et qu'elle le verrait se
glisser le soir dans les buissons fleuris de son
jardin. Mais elle ne voulut pas l'encourager
en se montrant. Elle passa la soirée enfermée, épiant, à travers sa jalousie, palpitante,
remplie de crainte et de désir, résolue pourtant à ne pas répondre à son appel. Elle ne
le vit point paraître, et en éprouva autant de
douleur et de surprise que si elle eût compté
sur une témérité dont elle l'eût pourtant blâ-
mé, et qui eût réveillé toutes ses terreurs.
Tous les petits drames mystérieux des jeunes
et brûlantes amours s'accomplirent dans

son sein en quelques heures. C'était une
phase nouvelle, des émotions inconnues dans
sa vie. Elle avait souvent attendu Anzoleto ,
le soir, sur les quais de Venise ou sur les ter-
rasses de la *Corte Minelli;* mais elle l'avait attendu en repassant sa leçon du matin, ou en
disant son chapelet, sans impatience, sans
frayeur, sans palpitations et sans angoisse.
Cet amour d'enfant était encore si près de
l'amitié, qu'il ne ressemblait en rien à ce
qu'elle sentait maintenant pour Liverani. Le
lendemain, elle attendit le rouge-gorge avec
anxiété, le rouge-gorge ne vint pas. Avait-il
été saisi au passage par de farouches argus ?
L'humeur que lui donnait cette ceinture de
soie et ce fardeau pesant pour lui l'avait-
elle empêché de sortir ? Mais il avait tant
d'esprit , qu'il se fût rappelé que Consuelo
l'en avait délivré la veille, et il fût venu
la prier de lui rendre encore ce service.

Consuelo pleura toute la journée. Elle qui ne trouvait pas de larmes dans les grandes catastrophes, et qui n'en avait pas versé une seule sur son infortune à Spandau, elle se sentit brisée et consumée par les souffrances de son amour, et chercha en vain les forces qu'elle avait eues contre tous les autres maux de sa vie.

Le soir elle s'efforçait de lire une partition au clavecin, lorsque deux figures noires se présentèrent à l'entrée du salon de musique sans qu'elle les eût entendues monter. Elle ne put retenir un cri de frayeur à l'apparition de ces spectres ; mais l'un d'eux lui dit d'une voix plus douce que la première fois : « Suis-nous. » Et elle se leva en silence pour leur obéir. On lui présenta un bandeau de soie en lui disant : « Couvre tes yeux toi-même, et jure que tu le feras en conscience. Jure aussi

que si ce bandeau venait à tomber ou à se déranger, tu fermerais les yeux jusqu'à ce que
nous t'ayons dit de les ouvrir.

— Je vous le jure, répondit Consuelo.

— Ton serment est accepté comme va-
lide, » reprit le conducteur. Et Consuelo
marcha comme la première fois dans le souterrain ; mais quand on lui eut dit de s'arrêter, une voix inconnue ajouta :

« Ote toi-même ce bandeau. Désormais
personne ne portera plus la main sur toi. Tu
n'auras d'autre gardien que ta parole. »

Consuelo se trouva dans un cabinet voûté
et éclairé d'une seule petite lampe sépulcrale
suspendue à la clef pendante du milieu. Un
seul juge, en robe rouge et en masque livide,
était assis sur un antique fauteuil auprès
d'une table. Il était voûté par l'âge ; quelques mèches argentées s'échappaient de
dessous sa toque. Sa voix était cassée et

tremblante. L'aspect de la vieillesse changea
en respectueuse déférence la crainte dont
ne pouvait se défendre Consuelo à l'approche
d'un Invisible.

« Écoute-moi bien, lui dit-il, en lui faisant
signe de s'asseoir sur un escabeau à quelque
distance. Tu comparais ici devant ton confesseur. Je suis le plus vieux du conseil, et le
calme de ma vie entière m'a rendu l'esprit
aussi chaste que le plus chaste des prêtres ca-
tholiques. Je ne mens pas. Veux-tu me récu-
ser cependant ? tu es libre.

— Je vous accepte, répondit Consuelo,
pourvu, toutefois, que ma confession n'im-
plique pas celle d'autrui.

— Vain scrupule ! reprit le vieillard. Un
écolier ne révèle pas à un pédant la faute
de son camarade ; mais un fils se hâte d'a-
vertir son père de celle de son frère, parce
qu'il sait que le père réprime et corrige sans

châtier. Du moins telle devrait être la loi de la famille. Tu es ici dans le sein d'une famille qui cherche la pratique de l'idéal. As-tu confiance?

Cette question, assez arbitraire dans la bouche d'un inconnu, fut faite avec tant de douceur et d'un son de voix si sympathique, que Consuelo, entraînée et attendrie subitement, répondit sans hésiter : « J'ai pleine confiance.

— Écoute encore, reprit le vieillard. Tu as dit, la première fois que tu as comparu devant nous, une parole que nous avons recueillie et pesée : « C'est une étrange torture morale pour une femme que de se confesser hautement devant huit hommes. » Ta pudeur a été prise en considération, Tu ne te confesseras qu'à moi, et je ne trahirai pas tes secrets. Il m'a été donné plein pouvoir, quoique je ne sois dans le conseil au-dessus de

personne, de te diriger dans une affaire particulière d'une nature délicate, et qui n'a
qu'un rapport indirect avec celle de ton initiation. Me répondras-tu sans embarras ?
Mettras-tu ton cœur à nu devant moi ?

— Je le ferai.

— Je ne te demanderai rien de ton passé.
On te l'a dit, ton passé ne nous appartient
pas ; mais on t'a avertie de purifier ton âme
dès l'instant qui a marqué le commencement
de ton adoption. Tu as dû faire tes réflexions
sur les difficultés et les conséquences de cette
adoption ; ce n'est pas à moi seul que tu en
dois compte : il s'agit d'autre chose entre toi
et moi. Réponds donc.

— Je suis prête.

— Un de nos enfants a conçu de l'amour
pour toi. Depuis huit jours, réponds-tu à cet
amour ou le repousses-tu ?

— Je l'ai repoussé dans toutes mes actions.

— Je le sais. Tes moindres actions nous sont connues. Je te demande le secret de ton cœur, et non celui de ta conduite. »

Consuelo sentit ses joues brûlantes et garda le silence.

« Tu trouves ma question bien cruelle. Il faut répondre cependant. Je ne veux rien deviner. Je dois connaître et enregistrer.

— Eh bien, j'aime! » répondit Consuelo, emportée par le besoin d'être vraie. Mais à peine eût-elle prononcé ce mot avec audace, qu'elle fondit en larmes. Elle venait de renoncer à la virginité de son âme.

— Pourquoi pleures-tu? reprit le confesseur avec douceur. Est-ce de honte ou de repentir?

— Je ne sais. Il me semble que ce n'est pas de repentir; j'aime trop pour cela.

— Qui aimes-tu ?

— Vous le savez, moi je ne le sais pas.

— Mais si je l'ignorais ! Son nom ?

— Liverani.

— Ce n'est le nom de personne. Il est commun à tous ceux de nos adeptes qui veulent
le porter et s'en servir : c'est un nom de
guerre, comme tous ceux que la plupart de
nous portent dans leurs voyages.

— Je ne lui en connais pas d'autre, et ce
n'est pas de lui que je l'ai appris.

— Son âge?

— Je ne le lui ai pas demandé.

— Sa figure?

— Je ne l'ai pas vue.

— Comment le reconnaîtrais-tu?

— Il me semble qu'en touchant sa main
je le reconnaîtrais.

— Et si l'on remettait ton sort à cette
épreuve, et que tu vinsses à te tromper ?

— Ce serait horrible.

— Frémis donc de ton imprudence, malheureuse enfant ! ton amour est insensé,

— Je le sais bien.

— Et tu ne le combats pas dans ton cœur?

— Je n'en ai pas la force.

— En as-tu le désir ?

— Pas même le désir.

— Ton cœur est donc libre de toute autre affection?

— Entièrement.

— Mais tu es veuve ?

— Je crois l'être.

— Et si tu ne l'étais pas ?

— Je combattrais mon amour et je ferais mon devoir.

— Avec regret ? avec douleur ?

— Avec désespoir peut-être. Mais je le ferais.

— Tu n'as donc pas aimé celui qui a été ton époux ?

— Je l'ai aimé d'amitié fraternelle ; j'ai fait tout mon possible pour l'aimer d'amour.

— Et tu ne l'as pas pu ?

— Maintenant que je sais ce que c'est qu'aimer, je puis dire non.

— N'aie donc pas de remords ; l'amour ne s'impose pas. Tu crois aimer ce Liverani ? sérieusement, religieusement, ardemment ?

— Je sens tout cela dans mon cœur, à moins qu'il n'en soit indigne !...

— Il en est digne.

— O mon père ! s'écria Consuelo transportée de reconnaissance et prête à s'agenouiller devant le vieilllard.

— Il est digne d'un amour immense autant qu'Albert lui-même ! mais il faut renoncer à lui.

— C'est donc moi qui n'en suis pas digne?
répondit Consuelo douloureusement.

— Tu en serais digne, mais tu n'es pas libre. Albert de Rudolstadt est vivant.

— Mon Dieu! pardonnez-moi! murmura
Consuelo en tombant à genoux et en cachant
son visage dans ses mains.

Le confesseur et la pénitente gardèrent un
douloureux silence. Mais bientôt Consuelo,
se rappelant les accusations de Supperville,
fut pénétrée d'horreur. Ce vieillard dont la
présence la remplissait de vénération, se
prêtait-il à une machination infernale? ex-
ploitait-il la vertu et la sensibilité de l'infortunée Consuelo pour la jeter dans les bras
d'un misérable imposteur? Elle releva la tête
et, pâle d'épouvante, l'œil sec, la bouche
tremblante, elle essaya de percer du regard
ce masque impassible qui lui cachait peut-
être la pâleur d'un coupable, ou le rire dia-

bolique d'un scélérat. « Albert est vivant?
dit-elle : en êtes-vous bien sûr, monsieur?
Savez-vous qu'il y a un homme qui lui ressemble, et que moi-même j'ai cru voir Albert en le voyant?

— Je sais tout ce roman absurde, répondit le vieillard d'un ton calme, je sais toutes
les folies que Supperville a imaginées pour se
disculper du crime de lèse-science qu'il a
commis en faisant porter dans le sépulcre un
homme endormi. Deux mots feront écrouler
cet échafaudage de folies. Le premier, c'est
que Supperville a été jugé incapable de dé-
passer les grades insignifiants des sociétés secrètes dont nous avons la direction suprême,
et que sa vanité blessée, jointe à une curiosité maladive et indiscrète, n'a pu supporter
cet outrage. Le second, c'est que le comte
Albert n'a jamais songé à réclamer son héritage, qu'il y a volontairement renoncé, et que

jamais il ne consentirait à reprendre son nom
et son rang dans le monde. Il ne pourrait
plus le faire sans soulever des discussions
scandaleuses sur son identité, que sa fierté
ne supporterait pas. Il a peut-être mal compris ses véritables devoirs en renonçant pour
ainsi dire à lui-même. Il eût pu faire de sa
fortune un meilleur usage que ses héritiers.
Il s'est retranché un des moyens de pratiquer
la charité que la Providence lui avait mis
entre les mains; mais il lui en reste assez
d'autres, et d'ailleurs la voix de son amour a
été plus forte en ceci que celle de sa conscience. Il s'est rappelé que vous ne l'aviez
pas aimé, précisément parce qu'il était riche
et noble. Il a voulu abjurer sans retour possible sa fortune et son nom. Il l'a fait, et nous
l'avons permis. Maintenant vous ne l'aimez
pas, vous en aimez un autre. Il ne réclamera
jamais de vous le titre d'époux, qu'il n'a dû,

à son agonie, qu'à votre compassion. Il aura
le courage de renoncer à vous. Nous n'avons
pas d'autre pouvoir sur celui que vous appe-
lez Liverani et sur vous, que celui de la persuasion. Si vous voulez fuir ensemble nous ne
pouvons l'empêcher. Nous n'avons ni cachots,
ni contraintes, ni peines corporelles à notre
service, quoiqu'un serviteur crédule et craintif
ait pu vous dire à cet égard; nous haïssons les
moyens de la tyrannie. Votre sort est dans
vos mains. Allez faire vos réflexions encore
une fois, pauvre Consuelo, et que Dieu vous
inspire ! »

Consuelo avait écouté ce discours avec
une profonde stupeur. Quand le vieillard eut
fini, elle se leva et dit avec énergie. « Je n'ai
pas besoin de réfléchir, mon choix est fait.
Albert est-il ici? conduisez-moi à ses pieds.

— Albert n'est point ici. Il ne pouvait être témoin de cette lutte. Il ignore

même la crise que vous subissez à cette heure.

— O mon cher Albert ! s'écria Consuelo en levant les bras vers le ciel, j'en sortirai victorieuse. » Puis s'agenouillant devant le vieillard : « Mon père, dit-elle, absolvez-moi, et aidez-moi à ne jamais revoir ce Liverani; je ne veux plus l'aimer, je ne l'aimerai plus. »

Le vieillard étendit ses mains tremblotantes sur la tête de Consuelo; mais lorsqu'il les retira, elle ne put se relever. Elle avait refoulé ses sanglots dans son sein, et brisée par un combat au-dessus de ses forces, elle fut forcée de s'appuyer sur le bras du confesseur pour sortir de l'oratoire.

9

Le lendemain le rouge-gorge vint à midi frapper du bec et de l'ongle à la croisée de Consuelo. Au moment de lui ouvrir, elle remarqua le fil noir croisé sur sa poitrine orangée, et un élan involontaire lui fit porter la main à l'espagnolette. Mais elle la retira aus-

sitôt. « Va-t'en, messager de malheur, dit-
elle, va-t'en, pauvre innocent, porteur de
lettres coupables et de paroles criminelles. Je
n'aurais peut-être pas le courage de ne pas
répondre à un dernier adieu. Je ne dois pas
même laisser connaître que je regrette et
que je souffre. »

Elle s'enfuit dans le salon de musique afin
d'échapper au tentateur ailé qui, habitué à
une meilleure réception, voltigeait et se heurtait au vitrage avec une sorte de colère. Elle
se mit au clavecin pour ne pas entendre les
cris et les reproches de son favori qui l'avait
suivie à la fenêtre de cette pièce, et elle
éprouvait quelque chose de semblable à l'angoisse d'une mère qui ferme l'oreille aux
plaintes et aux prières de son enfant en pénitence. Ce n'était pourtant pas au dépit et
au chagrin du rouge-gorge que la pauvre Consuelo était le plus sensible dans ce moment.

Le billet qu'il apportait sous son aile avait une voix bien plus déchirante; c'était cette voix qui semblait, à notre recluse romanesque, pleurer et se lamenter pour être écoutée.

Elle résista pourtant; mais il est de la nature de l'amour de s'irriter des obstacles et de revenir à l'assaut, toujours plus impérieux et plus triomphant après chacune de nos victoires. On pourrait dire, sans métaphore, que lui résister, c'est lui fournir de nouvelles armes. Vers trois heures, Matteus entra avec la gerbe de fleurs qu'il apportait chaque jour à sa prisonnière, (car au fond il l'aimait pour sa douceur et sa bonté); et, selon son habitude, elle délia ces fleurs afin de les arranger elle-même dans les beaux vases de la console. C'était un des plaisirs de sa captivité; mais cette fois elle y fut peu sensible, et elle s'y livrait machinalement, comme

pour tuer quelques instants de ces lentes
heures qui la consumaient, lorsqu'en déliant
le paquet de narcisses qui occupait le centre
de la gerbe parfumée, elle fit tomber une lettre bien cachetée, mais sans adresse. En vain
essaya-t-elle de se persuader qu'elle pouvait
être du tribunal des Invisibles. Matteus l'eût-
il apportée sans cela ? Malheureusement Matteus n'était déjà plus à portée de donner des
explications. Il fallut le sonner. Il avait besoin
de cinq minutes pour reparaître, il en mit par
hasard au moins dix. Consuelo avait eu trop
de courage contre le rouge-gorge pour en
conserver contre le bouquet. La lettre était
lue lorsque Matteus rentra, juste au moment
où Consuelo arrivait à ce post-scriptum :
« N'interrogez pas Matteus ; il ignore la désobéissance que je lui fais commettre. » Matteus fut simplement requis de remonter la
pendule qui était arrêtée.

La lettre du chevalier était plus passionnée, plus impétueuse que toutes les autres, elle était même impérieuse dans son délire. Nous ne la transcrirons pas. Les lettres d'amour ne portent l'émotion que dans le cœur qui inspire et partage le feu qui les a dictées. Par elles-même elles se ressemblent toutes : mais chaque être épris d'amour trouve dans celle qui lui est adressée une puissance irré · sistible, une nouveauté incomparable. Personne ne croit être aimé autant qu'un autre, ni de la même manière ; il croit être le plus aimé, le seul aimé qui soit au monde. Là où cet aveuglement ingénu et cette fascination orgueilleuse n'existent pas, il n'y a point de passion ; et la passion avait envahi enfin le paisible et noble cœur de Consuelo.

Le billet de l'inconnu porta le trouble dans toutes ses pensées. Il implorait une entrevue ; il faisait plus, il l'annonçait et s'excusait d'avance sur la nécessité de mettre les derniers

moments à profit. Il feignait de croire que
Consuelo avait aimé Albert et pouvait l'aimer
encore. Il feignait aussi de vouloir se soumettre à son arrêt, et, en attendant, il exigeait un mot de pitié, une larme de regret, un
dernier adieu ; toujours ce dernier adieu qui
est comme la dernière apparition d'un grand
artiste annoncée au public, et heureusement
suivi de beaucoup d'autres.

La triste Consuelo (triste et pourtant dé-
vorée d'une joie secrète, involontaire et brûlante à l'idée de cette entrevue) sentit, à la
rougeur de son front et aux palpitations de
son sein, qu'elle avait l'âme adultère en dépit
d'elle-même. Elle sentit que ses résolutions et
sa volonté ne la préservaient pas d'un entraînement inconcevable, et que, si le chevalier
se décidait à rompre son vœu en lui parlant
et en lui montrant ses traits, comme il y semblait résolu, elle n'aurait pas la force d'empêcher cette violation des lois de l'ordre invi-

sible. Elle n'avait qu'un refuge, c'était d'im-
plorer le secours de ce même tribunal. Mais
fallait-il accuser et trahir Liverani? Le digne
vieillard qui lui avait révélé l'existence d'Albert, et qui avait paternellement accueilli ses
confidences la veille, recevrait celle-ci encore
sous le sceau de la confession. Il plaindrait,
lui, le délire du chevalier, il ne le condam-
nerait que dans le secret de son cœur. Consuelo lui écrivit qu'elle voulait le voir à neuf
heures, le soir même, qu'il y allait de son
honneur, de son repos, de sa vie peut-être.
C'était l'heure à laquelle l'inconnu s'était an-
noncé ; mais à qui et par qui envoyer cette
lettre? Matteus refusait de faire un pas hors
de l'enclos avant minuit ; c'était sa consigne,
rien ne put l'ébranler. Il avait été vivement
réprimandé pour n'avoir pas observé tous
ses devoirs bien ponctuellement à l'égard de
la prisonnière ; il était désormais inflexible.

L'heure approchait, et Consuelo, tout en cherchant les moyens de se soustraire à l'épreuve fatale, n'avait pas songé un instant à celui d'y résister. Vertu imposée aux femmes, tu ne seras jamais qu'un nom tant que l'homme ne prendra point la moitié de la tâche ! Tous tes plans de défense se réduisent à des subterfuges ; toutes tes immolations du bonheur personnel échouent devant la crainte de désespérer l'objet aimé. Consuelo s'arrêta à une dernière ressource, suggestion de l'héroïsme et de la faiblesse qui se partageaient son esprit. Elle se mit à chercher l'entrée mystérieuse du souterrain qui était dans le pavillon même, résolue à s'y élancer et à se présenter à tout hasard devant les Invisibles. Elle supposait assez gratuitement que le lieu de leurs séances était accessible, une fois l'entrée du souterrain franchie, et qu'ils se se réunissaient chaque soir en ce même lieu.

Elle ne savait pas qu'ils étaient tous absents ce jour-là, et que Liverani était seul revenu sur ses pas, après avoir feint de les suivre dans une excursion mystérieuse.

Mais tous ses efforts pour trouver la porte secrète ou la trappe du souterrain furent inutiles. Elle n'avait plus, comme à Spandau, le sang-froid, la persévérance, la foi nécessaires pour découvrir la moindre fissure d'une muraille, la moindre saillie d'une pierre. Ses mains tremblaient en interrogeant la boiserie et les lambris, sa vue était troublée ; à chaque instant il lui semblait entendre les pas du chevalier sur le sable du jardin, ou sur le marbre du péristyle.

Tout à coup, il lui sembla les entendre au-dessous d'elle, comme s'il montait l'escalier caché sous ses pieds, comme s'il s'approchait d'une porte invisible, ou comme si, à la manière des esprits familiers, il allait percer la

muraille pour se présenter devant ses yeux.
Elle laissa tomber son flambeau et s'enfuit au
fond du jardin. Le joli ruisseau qui le traversait arrêta sa course. Elle écouta, et entendit,
ou crut entendre marcher derriere elle. Alors
elle perdit un peu la tête, et se jeta dans le
batelet dont le jardinier se servait pour
apporter du dehors du sable et des ga-
zons. Consuelo s'imagina qu'en le détachant,
elle irait échouer sur la rive opposée ; mais
le ruisseau était rapide, et sortait de l'enclos
en se resserrant sous une arcade basse fer-
mée d'une grille. Emportée à la dérive par le
courant, la barque alla frapper en peu d'instants contre la grille. Consuelo s'y préserva
d'un choc trop rude en s'élançant à la proue
et en étendant les mains. Un enfant de Venise
(et un enfant du peuple) ne pouvait pas être
bien embarrassé de cette manœuvre. Mais,
fortune bizarre ! la grille céda sous sa main et

s'ouvrit par la seule impulsion que le courant
donnait au bateau. Hélas! pensa Consuelo,
on ne ferme peut-être jamais ce passage, car
je suis prisonnière sur parole, et pourtant je
fuis, je viole mon serment ! Mais je ne le fais
que pour chercher protection et refuge parmi
mes hôtes, non pour les abandonner et les
trahir.

Elle sauta sur la rive où un détour de l'eau
avait poussé son esquif, et s'enfonça dans un
taillis épais. Consuelo ne pouvait pas courir
bien vite sous ces ombrages sombres. L'allée
serpentait en se rétrécissant. La fugitive se
heurtait à chaque instant contre les arbres,
et tomba plusieurs fois sur le gazon. Cependant elle sentait revenir l'espoir dans son
âme ; ces ténèbres la rassuraient ; il lui semblait impossible que Liverani pût l'y découvrir.

Après avoir marché fort longtemps au ha-

sard, elle se trouva au bas d'une colline par-
semée de rochers, dont la silhouette incer-
taine se dessinait sur un ciel gris et voilé. Un
vent d'orage assez frais s'était élevé, et la
pluie commençait à tomber. Consuelo, n'o-
sant revenir sur ses pas, dans la crainte
que Liverani n'eût retrouvé sa trace et ne la
cherchât sur les rives du ruisseau, se hasarda
dans le sentier un peu rude de la colline.
Elle s'imagina qu'arrivée au sommet, elle
découvrirait les lumières du château, quelle
qu'en fût la position. Mais lorsqu'elle y fut arrivée dans les ténèbres, les éclairs, qui commençaient à embraser le ciel, lui montrèrent
devant elle les ruines d'un vaste édifice,
imposant et mélancolique débris d'un autre
âge.

La pluie força Consuelo d'y chercher un
abri, mais elle le trouva avec peine. Les tours
étaient effondrées du haut en bas, à l'intérieur,

et des nuées de gerfauts et de tiercelets s'y agitèrent à son approche, en poussant ce cri aigu et sauvage qui semble la voix des esprits de malheur, habitants des ruines.

Au milieu des pierres et des ronces, Consuelo, traversant la chapelle découverte qui dessinait, à la lueur bleuâtre des éclairs, les squelettes de ses ogives disloquées, gagna le préau, dont un gazon court et uni recouvrait le nivellement; elle évita un puits profond qui ne se trahissait à la surface du sol que par le développement de ses riches capillaires et d'un superbe rosier sauvage, tranquille possesseur de sa paroi intérieure. La masse de constructions ruinées qui entouraient ce préau abandonné offrait l'aspect le plus fantastique; et, au passage de chaque éclair, l'œil avait peine à comprendre ces spectres grêles et déjetés, toutes ces formes incohé-

rentes de la destruction; d'énormes manteaux
de cheminées, encore noircis en dessous par
la fumée d'un foyer à jamais éteint, et sor-
tant du milieu des murailles dénudées, à une
hauteur effrayante ; des escaliers rompus,
élançant leur spirale dans le vide, comme
pour conduire les sorcières à leur danse aé-
rienne; des arbres entiers installés et grandis
dans des appartements encore parés d'un
reste de fresques ; des bancs de pierre dans
les embrasures profondes des croisées, et
toujours le vide au dedans comme au dehors
de ces retraites mystérieuses, refuges des
amants en temps de paix, tanières des guet-
teurs aux heures du danger; enfin des meur-
trières festonnées de coquettes guirlandes,
des pignons isolés s'élevant dans les airs
comme des obélisques, et des portes comblées
jusqu'au tympan par les atterrissements et
les décombres. C'était un lieu effrayant et

poétique; Consuelo s'y sentit pénétrée d'une sorte de terreur superstitieuse , comme si sa présence eût profané une enceinte réservée aux funèbres conférences ou aux silencieuses rêveries des morts. Par une nuit sereine et dans une situation moins agitée, elle eût pu admirer l'austère beauté de ce monument; elle ne se fût peut-être pas apitoyée classiquement sur la rigueur du temps et des destins, qui renversent sans pitié le palais et la forteresse, et couchent leurs débris dans l'herbe à côté de ceux de la chaumière. La tristesse qu'inspirent les ruines de ces demeures formidables n'est pas la même dans l'imagination de l'artiste et dans le cœur du patricien. Mais en ce moment de trouble et de crainte, et par cette nuit d'orage, Consuelo, n'étant point soutenue par l'enthousiasme qui l'avait poussée à de plus sérieuses entreprises, se sentit redevenir l'enfant du peuple, tremblant à l'idée de voir apparaître les fantômes de la nuit, et redoutant surtout ceux des antiques châtelains, farouches oppresseurs durant leur vie, spectres désolés et menaçants après leur mort. Le tonnerre élevait la voix, le vent faisait crouler les briques et le ciment des murailles démantelées, les longs rameaux de la ronce et du lierre se tordaient comme des serpents aux créneaux des tours. Consuelo, cherchant toujours un abri contre la pluie et les éboulements, pénétra sous la voûte d'un escalier qui paraissait mieux conservé que les autres ; c'était celui de la grande tour féodale, la plus ancienne et la plus solide construction de tout l'édifice. Au bout de vingt marches, elle rencontra une grande salle octogone qui occupait tout l'intérieur de la tour, l'escalier en vis étant pratiqué, comme dans toutes les construc-

tions de ce genre, dans l'intérieur du mur ,
épais de dix-huit à vingt pieds. La voûte de
de cette salle avait la forme intérieure d'une
ruche. Il n'y avait plus ni portes ni fenêtres ;
mais ces ouvertures étaient si étroites et si profondes, que le vent ne pouvait s'y engouffrer.
Consuelo résolut d'attendre en ce lieu la fin de
la tempête ; et , s'approchant d'une fenêtre,
elle y resta plus d'une heure à contempler le
spectacle imposant du ciel embrasé , et à
écouter les voix terribles de l'orage.

Enfin le vent tomba, les nuées se dissipèrent,
et Consuelo songea à se retirer ; mais en se
retournant , elle fut surprise de voir une
clarté plus permanente que celle des éclairs
régner dans l'intérieur de la salle. Cette clarté,
après avoir hésité, pour ainsi dire, grandit et
remplit toute la voûte , tandis qu'un léger
pétillement se faisait entendre dans la cheminée. Consuelo regarda de ce côté, et vit

sous le demi-cintre de cet âtre antique,
énorme gueule béante devant elle, un
feu de branches qui venait de s'allumer
comme de lui-même. Elle s'en approcha, et
remarqua des bûches à demi consumées, et
tous les débris d'un feu naguère entretenu,
et récemment abandonné sans grande pré-
caution.

Effrayée de cette circonstance qui lui ré-
vélait la présence d'un hôte, Consuelo qui ne
voyait pourtant pas trace de mobilier autour
d'elle, retourna vivement vers l'escalier et
s'apprêtait à le descendre, lorsqu'elle entendit des voix en bas, et des pas qui
faisaient craquer les gravois dont il était
semé. Ses terreurs fantastiques se changè-
rent alors en appréhensions réelles. Cette
tour humide et dévastée ne pouvait être habitée que par quelque garde-chasse, peut-
être aussi sauvage que sa demeure, peut-être

ivre et brutal, et bien vraisemblablement
moins civilisé et moins respectueux que
l'honnête Matteus. Les pas se rapprochaient
assez rapidement. Consuelo monta l'escalier
à la hâte pour n'être pas rencontrée par ces
problématiques arrivants, et après avoir
franchi encore vingt marches, elle se trouva
au niveau du second étage où il était peu
probable qu'on aurait l'occasion de la rejoindre, car il était entièrement découvert et par
conséquent inhabitable. Heureusement pour
elle la pluie avait cessé; elle apercevait
même briller quelques étoiles à travers la
végétation vagabonde qui avait envahi le
couronnement de la tour, à une dizaine de
toises au-dessus de sa tête. Un rayon de
lumière partant de dessous ses pieds se pro-
jeta bientôt sur les sombres parois de l'édifice, et Consuelo, s'approchant avec précau-
tion, vit par une large crevasse ce qui se

passait à l'étage inférieur qu'elle venait de
quitter. Deux hommes étaient dans la salle,
l'un marchant et frappant du pied comme
pour se réchauffer, l'autre penché sous le
large manteau de la cheminée, et occupé à
ranimer le feu qui commençait à monter
dans l'âtre. D'abord elle ne distingua que
leurs vêtements qui annonçaient une condition brillante, et leurs chapeaux qui lui ca-
chaient leurs visages ; mais la clarté du foyer
s'étant répandue, et celui qui l'attisait avec
la pointe de son épée s'étant relevé pour
accrocher son chapeau à une pierre saillante
du mur, Consuelo vit une chevelure noire
qui la fit tressaillir, et le haut d'un visage
qui faillit lui arracher un cri de terreur et de
tendresse tout à la fois. Il éleva la voix, et
Consuelo n'en douta plus, c'était Albert de
Rudolstadt.

« Approchez, mon ami, disait-il à son com-

pagnon, et réchauffez-vous à l'unique cheminée qui reste debout dans ce vaste manoir.
Voilà un triste gîte, monsieur de Trenck,
mais vous en avez trouvé de pires dans vos
rudes voyages.

— Et même je n'en ai souvent pas trouvé
du tout, répondit l'amant de la princesse
Amélie. Vraiment celui-ci est plus hospitalier
qu'il n'en a l'air, et je m'en serais accom-
modé plus d'une fois avec plaisir. Ah çà, mon
cher comte, vous venez donc quelquefois
méditer sur ces ruines, et faire la veillée des
armes dans cette tour endiablée?

— J'y viens souvent en effet, et pour des
raisons plus concevables. Je ne puis vous les
dire maintenant, mais vous les saurez plus
tard.

— Je les devine de reste. Du haut de cette
tour, vous plongez dans un certain enclos,
et vous dominez un certain pavillon.

— Non, Trenck. La demeure dont vous parlez est cachée derrière les bois de la colline, et je ne la vois pas d'ici.

— Mais vous êtes à portée de vous y rendre en peu d'instants, et de vous réfugier ensuite ici contre les surveillants incommodes. Allons! convenez que tout à l'heure, lorsque je vous ai rencontré dans le bois.....

— Je ne puis convenir de rien, ami Trenck, et vous m'avez promis de ne pas m'interroger.

— Il est vrai. Je ne devrais songer qu'à me réjouir de vous avoir retrouvé dans ce parc immense, ou plutôt dans cette forêt, où j'avais si bien perdu mon chemin, que, sans vous, je me serais jeté dans quelque pittoresque ravin ou noyé dans quelque limpide torrent. Sommes-nous loin du château?

— A plus d'un quart de lieue. Séchez donc vos habits pendant que le vent sèche les sentiers du parc, et nous nous remettrons en route,

— Ce vieux château me plaît moins que le nouveau, je vous le confesse, et je conçois fort bien qu'on l'ait abandonné aux orfraies. Pourtant, je me sens heureux de m'y trouver seul avec vous à cette heure, et par cette soirée lugubre. Cela me rappelle notre première rencontre dans les ruines d'une antique abbaye de la Silésie, mon initiation, les serments que j'ai prononcés entre vos mains, vous, mon juge, mon examinateur et maître alors, mon frère et mon ami aujourd'hui ! cher Albert ! quelles étranges et funestes vicissitudes ont passé depuis sur nos têtes ! Morts tous deux à nos familles, à nos patries, à nos amours peut-être !... qu'allons-nous devenir, et quelle sera désormais notre vie parmi les hommes ?

— La tienne peut encore être entourée

d'éclat et remplie d'enivrements, mon cher Trenck ! La domination du tyran qui te hait a des limites, grâces à Dieu, sur le sol de 'Europe.

— Mais ma maîtresse, Albert? sera-t-il possible que ma maîtresse me reste éternel- lement et inutilement fidèle ?

— Tu ne devrais pas le désirer, ami ; mais il n'est que trop certain que sa passion sera aussi durable que son malheur.

— Parlez-moi donc d'elle, Albert ! Plus heureux que moi, vous pouvez la voir et l'en- tendre, vous !...

— Je ne le pourrai plus, cher Trenck ; ne vous faites pas d'illusions à cet égard. Le nom fantastique et le personnage bizarre de Trismégiste dont on m'avait affublé, et qui m'ont protégé, durant plusieurs années, dans mes courtes et mystérieuses relations avec le palais de Berlin, ont perdu leur prestige ;

mes amis seront discrets, et mes dupes (puisque pour servir notre cause et votre amour,
j'ai été forcé de faire bien innocemment quelques dupes) ne seraient pas plus clairvoyan-
tes que par le passé; mais Frédéric a senti
l'odeur d'une conspiration, et je ne puis plus
retourner en Prusse. Mes efforts y seraient
paralysés par sa méfiance, et la prison de
Spandau ne s'ouvrirait pas une seconde fois
pour mon évasion.

— Pauvre Albert! tu as dû souffrir dans
cette prison, autant que moi dans la mienne,
plus peut-être!

— Non! j'étais près d'*elle*. J'entendais
sa voix, je travaillais à sa délivrance. Je
ne regrette ni d'avoir enduré l'horreur du
cachot, ni d'avoir tremblé pour sa vie. Si j'ai
souffert pour moi, je ne m'en suis pas
aperçu; si j'ai souffert pour elle, je ne m'en

souviens plus. Elle est sauvée et elle sera heureuse.

— Par vous, Albert? Dites-moi qu'elle ne sera heureuse que par vous et avec vous, ou bien je ne l'estime plus, je lui retire mon admiration et mon amitié.

— Ne parlez pas ainsi, Trenck. C'est outrager la nature, l'amour et le ciel. Nos femmes sont aussi libres envers nous que nos amantes, et vouloir les enchaîner au nom d'un devoir profitable à nous seuls, serait un crime et une profanation.

— Je le sais, et sans m'élever à la même vertu que toi, je sens bien que si Amélie m'eût retiré sa parole au lieu de me la confirmer, je n'aurais pas cessé pour cela de l'aimer et de bénir les jours de bonheur qu'elle m'a donnés; mais il m'est bien permis de t'aimer plus que moi-même et de haïr quiconque ne t'aime pas? Tu souris, Albert, tu ne comprends pas mon amitié; et moi je ne comprends pas ton courage. Ah ! s'il est vrai que celle qui a reçu ta foi se soit éprise (avant l'expiration de son deuil, l'insensée !) d'un de nos *frères*, fût-il le plus méritant d'entre nous, et le plus séduisant des hommes du monde, je ne pourrai jamais le lui pardonner. Pardonne, toi, si tu le peux !

— Trenck ! Trenck ! tu ne sais pas de quoi tu parles; tu ne comprends pas, et moi je ne puis m'expliquer. Ne la juge pas encore, cette femme admirable; plus tard, tu la connaîtras.

— Et qui t'empêche de la justifier à mes yeux ! Parle donc! A quoi bon ce mystère? nous sommes seuls ici. Tes aveux ne sauraient la compromettre, et aucun serment que je sache, ne t'engage à me cacher ce que nous soupçonnons tous d'après ta conduite. Elle ne t'aime plus? quelle sera son excuse?

— M'avait-elle donc jamais aimé?

— Voilà son crime. Elle ne t'a jamais compris.

— Elle ne le pouvait pas, et moi je ne pouvais me révéler à elle. D'ailleurs j'étais malade, j'étais fou ; on n'aime pas les fous, on les plaint et on les redoute.

— Tu n'as jamais été fou, Albert ; je ne t'ai jamais vu ainsi. La sagesse et la force de ton intelligence m'ont toujours ébloui, au contraire.

— Tu m'as vu ferme et maître de moi dans l'action, tu ne m'as jamais vu dans l'agonie du repos, dans les tortures du découragement.

— Tu connais donc le découragement, toi? Je ne l'aurais jamais pensé.

— C'est que tu ne vois pas tous les dangers, tous les obstacles, tous les vices de notre entreprise. Tu n'as jamais été au fond de cet abîme où j'ai plongé toute mon âme et jeté toute mon existence ; tu n'en as envisagé que le côté chevaleresque et généreux; tu n'en as embrassé que les travaux faciles et les riantes espérances.

— C'est que je suis moins grand, moins enthousiaste, et, puisqu'il faut le dire, moins fanatique que toi, noble comte ! Tu as voulu boire la coupe du zèle jusqu'à la lie, et quand l'amertume t'a suffoqué, tu as douté du ciel et des hommes.

— Oui, j'ai douté, et j'en ai été bien cruellement puni.

— Et maintenant doutes-tu encore ? souffres-tu toujours ?

— Maintenant j'espère, je crois, j'agis. Je me sens fort, je me sens heureux. Ne vois-tu pas la joie rayonner sur mon visage, et ne sens-tu pas l'ivresse déborder de mon sein ?

— Et cependant tu es trahi par ta maîtresse ! que dis-je ? par ta femme !

— Elle ne fut jamais ni l'une ni l'autre.
Elle ne me devait, elle ne me doit rien ; elle
ne me trahit point. Dieu lui envoie l'amour,
la plus céleste des grâces d'en haut, pour la
récompenser d'avoir eu pour moi un instant
de pitié à mon lit de mort. Et moi, pour la
remercier de m'avoir fermé les yeux, de m'a-
voir pleuré, de m'avoir béni au seuil de l'é-
ternité que je croyais franchir, je revendi-
querais une promesse arrachée à sa compassion généreuse, à sa charité sublime ? je lui
dirais : « Femme, je suis ton maître, tu
m'appartiens de par la loi, de par ton imprudence et de par ton erreur. Tu vas subir mes
embrassements parce que, dans un jour de
séparation, tu as déposé un baiser d'adieu
sur mon front glacé ! Tu vas mettre à jamais
ta main dans la mienne, t'attacher à mes

pas, subir mon joug, briser dans ton sein un amour naissant, refouler des désirs insurmontables, te consumer de regrets dans mes bras profanes, sur mon cœur égoïste et lâche! » Oh! Trenck! pensez-vous que je pusse être heureux en agissant ainsi? Ma vie ne serait-elle pas un supplice plus amer encore que le sien? La souffrance de l'esclave n'est-elle pas la malédiction du maître? Grand Dieu! quel être est assez vil, assez abruti, pour s'enorgueillir et s'enivrer d'un amour non partagé, d'une fidélité contre laquelle le cœur de la victime se révolte? Grâce au ciel, je ne suis pas cet être-là, je ne le serai jamais. J'allais ce soir trouver Consuelo; j'allais lui dire toutes ces choses, j'allais lui rendre sa liberté. Je ne l'ai pas rencontrée dans le jardin, où elle se promène ordinairement; à cette heure l'orage est venu et m'a ôté l'espérance de l'y voir descendre.

Je n'ai pas voulu pénétrer dans ses appartements; j'y serais entré par le droit de l'époux. Le seul tressaillement de son épouvante, la pâleur seule de son désespoir, m'eussent fait un mal que je n'ai pu me résoudre à affronter.

— Et n'as-tu pas rencontré aussi dans l'ombre le masque noir de Liverani?

— Quel est ce Liverani?

— Ignores-tu le nom de ton rival?

— Liverani est un faux nom. Le connais-tu, toi, cet homme, ce rival heureux?

— Non. Mais tu me demandes cela d'un air étrange? Albert, je crois te comprendre : tu pardonnes à ton épouse infortunée, tu l'abandonnes, tu le dois; mais tu châtieras, j'espère, le lâche qui l'a séduite?

— Es-tu sûr que ce soit un lâche?

— Quoi! l'homme à qui on avait confié le soin de sa délivrance et la garde de sa per-

sonne durant un long et périlleux voyage!
celui qui devait la protéger, la respecter, ne
pas lui adresser une seule parole, ne pas lui
montrer son visage!... Un homme investi des
pouvoirs et de l'aveugle confiance des Invisibles! ton frère d'armes et de serment, comme je suis le tien, sans doute? Ah! si l'on
m'eût confié ta femme, Albert, je n'aurais
pas seulement songé à cette criminelle trahison de me faire aimer d'elle!

— Trenck, encore une fois, tu ne sais pas
de quoi tu parles! Trois hommes seulement
parmi nous savent quel est ce Liverani, et
quel est son crime. Dans quelques jours tu
cesseras de blâmer et de maudire cet heureux mortel à qui Dieu, dans sa bonté, dans
sa justice peut-être, a donné l'amour de
Consuelo.

— Homme étrange et sublime! tu ne le
hais pas?

— Je ne puis le haïr.

— Tu ne troubleras pas son bonheur?

— Je travaille ardemment à l'assurer, au contraire, et je ne suis ni sublime ni étrange en ceci. Tu souriras bientôt des éloges que tu me donnes.

— Quoi! tu ne souffres même pas?

— Je suis le plus heureux des hommes.

— En ce cas, tu aimes peu, ou tu n'aimes plus. Un tel héroïsme n'est pas dans la nature humaine; il est presque monstrueux; et je ne puis admirer ce que je ne comprends pas. Attends, comte; tu me railles, et je suis bien simple! Tiens, je devine enfin: tu aimes une autre femme, et tu bénis la Providence qui te délivre de tes engagements envers la première, en la rendant infidèle.

—Il faut donc que je t'ouvre mon cœur, tu m'y contrains, baron. Ecoute: c'est toute une histoire, tout un roman à te raconter; mais il fait froid ici ; ce feu de broussailles ne peut réchauffer ces vieux murs ; et, d'ailleurs, je crains qu'à la longue ils ne te rappellent fâcheusement ceux de Glatz. Le temps s'est éclairci, nous pouvons reprendre le chemin du château ; et, puisque tu le quittes au point du jour, je ne veux pas trop prolonger ta veillée. Chemin faisant, je te ferai un étrange récit. »

Les deux amis reprirent leurs chapeaux, après en avoir secoué l'humidité ; et, donnant quelques coups de pied aux tisons pour les éteindre, ils quittèrent la tour en se tenant par le bras. Leurs voix se perdirent dans l'éloignement, et les échos du vieux manoir cessèrent bientôt de répéter le faible bruit de leurs pas sur l'herbe mouillée du préau.

10

Consuelo resta plongée dans une étrange stupeur. Ce qui l'étonnait le plus , ce que le témoignage de ses sens avait peine à lui persuader, ce n'était pas la magnanime conduite d'Albert, ni ses sentiments héroïques , mais la facilité miraculeuse avec laquelle il

dénouait lui-même le terrible problème de
la destinée qu'il lui avait faite. Etait-il donc
si aisé à Consuelo d'être heureuse ? était-ce
un amour si légitime que celui de Liverani ?
Elle croyait avoir rêvé ce qu'elle venait d'entendre. Il lui était déjà permis de s'abandonner à son entraînement pour cet inconnu.
Les austères Invisibles en faisaient l'égal
d'Albert, par la grandeur d'âme, le courage et la vertu : Albert lui-même la jus-
tifiait et la défendait contre le blâme de
Trenck. Enfin, Albert et les Invisibles, loin
de condamner leur mutuelle passion, les
abandonnaient à leur libre choix, à leur invincible sympathie : et tout cela sans combat, sans effort, sans cause de regret ou de
remords, sans qu'il en coûtât une larme à
personne ! Consuelo, tremblante d'émotion
plus que de froid, redescendit dans la salle
voûtée, et ranima de nouveau le feu qu'Al-

bert et **Trenck** venaient de disperser dans l'âtre. Elle regarda la trace de leurs pieds humides sur les dalles poudreuses. C'était un témoignage de la réalité de leur apparition, que Consuelo avait besoin de consulter pour y croire. Accroupie sous le cintre de la cheminée, comme la rêveuse Cendrillon, la protégée des lutins du foyer, elle tomba dans une méditation profonde. Un si facile triomphe sur la destinée ne lui paraissait pas fait pour elle. Cependant aucune crainte ne pouvait prévaloir contre la sérénité merveilleuse d'Albert. C'était là précisément ce que Consuelo pouvait le moins révoquer en doute. Albert ne souffrait pas; son amour ne se révoltait pas contre sa justice. Il accomplissait avec une sorte de joie enthousiaste le plus grand sacrifice qu'il soit au pouvoir de l'homme d'offrir à Dieu. L'étrange vertu de cet homme unique frappait Consuelo de surprise

et d'épouvante. Elle se demandait si un tel
détachement des faiblesses humaines était
conciliable avec les humaines affections.
Cette insensibilité apparente ne signalait-elle
pas dans Albert une nouvelle phase de délire?
Après l'exagération des maux qu'entraî-
nent la mémoire et l'exclusivité du sentiment, ne subissait-il pas une sorte de pa-
ralysie du cœur et des souvenirs? Pouvait-il
être guéri si vite de son amour, et cet amour
était-il si peu de chose, qu'un simple acte de
sa volonté, une seule décision de sa logique,
pût en effacer ainsi jusqu'à la moindre trace?
Tout en admirant ce triomphe de la philosophie, Consuelo ne put se défendre d'un peu
d'humiliation, de voir ainsi détruire d'un
souffle cette longue passion dont elle avait
été fière à juste titre. Elle repassait les moindres paroles qu'il venait de dire; et l'expression de son visage, lorsqu'il les avait dites,

était encore devant ses yeux. C'était une expression que Consuelo ne lui connaissait pas.
Albert était aussi changé dans son extérieur
que dans ses sentiments. A vrai dire, c'était
un homme nouveau ; et si le son de sa voix,
si le dessein de ses traits, si la réalité de ses
discours n'eussent confirmé la vérité, Consuelo eût pu croire qu'elle voyait à sa place
ce prétendu Sosie, ce personnage imaginaire
de Trismégiste, que le docteur s'obstinait à
à vouloir lui substituer. La modification que
l'état de calme et de santé avait apportée à
l'extérieur et aux manières d'Albert semblait
confirmer l'erreur de Supperville. Il avait
perdu sa maigreur effrayante, et il semblait
grandi, tant sa taille affaissée et languissan-
te s'était redressée et rajeunie. Il avait une
autre démarche ; ses mouvements étaient
plus souples, son pas plus ferme, sa tenue
aussi élégante et aussi soignée qu'elle avait

été abandonnée et, pour ainsi dire, méprisée
par lui. Il n'y avait pas jusqu'à ses moindres
préoccupations qui n'étonnassent Consuelo.
Autrefois, il n'eût pas songé à faire du feu ;
il eût plaint son ami Trenck d'être mouillé,
et il ne se fût pas avisé, tant les objets exté-
rieurs et les soins matériels lui étaient devenus étrangers, de rapprocher les tisons
épars sous ses pieds ; il n'eût pas secoué son
chapeau avant de le remettre sur sa tête ;
il eût laissé la pluie ruisseler sur sa longue
chevelure, et il ne l'eût pas sentie. Enfin, il
portait une épée, et jamais, auparavant, il
n'eût consenti à manier, même en jouant,
cette arme de parade, ce simulacre de haine
et de meurtre. Maintenant elle ne gênait
point ses mouvements ; il en voyait briller
la lame devant la flamme, et elle ne lui rappelait point le sang versé par ses aïeux.
L'expiation imposée à Jean Ziska, dans sa

personne, était un rêve douloureux , qu'un bienfaisant sommeil avait enfin effacé entièrement. Peut-être en avait-il perdu le souvenir en perdant les autres souvenirs de sa vie et son amour, qui semblait avoir été, et n'être plus sa vie même.

Il se passa quelque chose d'incertain et d'inexplicable chez Consuelo, quelque chose qui ressemblait à du chagrin, à du regret, à de l'orgueil blessé. Elle se répétait les dernières suppositions de Trenck sur un nouvel amour d'Albert, et cette supposition lui paraissait vraisemblable. Ce nouvel amour pouvait seul lui donner tant de tolérance et de miséricorde. Ses dernières paroles en emmenant son ami , et en lui promettant un *récit,* un *roman,* n'étaient-elles pas la confirmation de ce doute , l'aveu et l'explication de cette joie discrète et profonde dont il paraissait rempli ? « Oui, ses yeux brillaient d'un éclat que je ne leur ai jamais vu, pensa Consuelo. Son sourire avait une expression de triomphe, d'ivresse ; et il souriait, il riait presque , lui à qui le rire semblait inconnu jadis, il y a eu même comme de l'ironie dans sa voix quand il a dit au baron : « Bientôt tu souriras aussi des éloges que tu me donnes. » Plus de doute, il aime , et ce n'est plus moi. Il ne s'en défend pas, et il ne songe point à se combattre ; il bénit mon infidélité, il m'y pousse , il s'en réjouit, il n'en rougit point pour moi ; il m'abandonne à une faiblesse dont je rougirai seule , et dont toute la honte retombera sur ma tête. O ciel ! Je n'étais pas seule coupable , et Albert l'était plus encore ! Hélas ! pourquoi ai-je surpris le secret d'une générosité que j'aurais tant admirée, et que je n'eusse jamais voulu accepter? Je le sens bien, maintenant il y a quelque chose de saint dans la foi jurée ; Dieu seul qui change notre cœur, peut nous en délier. Alors les êtres unis par un serment peuvent peut-être s'offrir et accepter le sacrifice de leurs droits. Mais quand l'inconstance mutuelle préside seule au divorce, il se fait quelque chose d'affreux, et comme une complicité de parricide entre ces deux êtres : ils ont froidement tué dans leur sein l'amour qui les unissait. »

Consuelo regagna les bois aux premières lueurs du matin. Elle avait passé toute la nuit dans la tour, absorbée par mille pensées sombres et chagrines. Elle n'eut pas de peine à retrouver le chemin de sa demeure, quoi-qu'elle eût fait ce chemin dans les ténèbres, et que l'empressement de sa fuite le lui eût fait paraître moins long qu'il ne le fut au retour. Elle descendit la colline et remonta le cours du ruisseau jusqu'à la grille, qu'elle franchit adroitement, en marchant sur la

bande transversale qui reliait les barreaux par
en bas à fleur d'eau. Elle n'était plus ni craintive ni agitée. Peu lui importait d'être aperçue, décidée qu'elle était à tout raconter naïvement à son confesseur. D'ailleurs le sentiment de sa vie passée l'occupait tellement,
que les choses présentes ne lui offraient plus
qu'un intérêt secondaire. C'est à peine si Liverani existait pour elle. Le cœur humain
est ainsi fait : l'amour naissant a besoin de
dangers et d'obstacles, l'amour éteint se ra-
nime quand il ne dépend plus de nous de le
réveiller dans le cœur d'autrui.

Cette fois les Invisibles surveillants de
Consuelo semblèrent s'être endormis, et sa
promenade nocturne ne parut avoir été
remarquée de personne. Elle trouva une nouvelle lettre de l'inconnu dans son clavecin,
aussi tendrement respectueuse que celle de
là veille était hardie et passionnée. Il se plai-

gnait qu'elle eût eu peur de lui, il lui repro-
chait de s'être retranchée dans ses appartements comme si elle eût douté de sa craintive vénération. Il demandait humblement
qu'elle lui permît de l'apercevoir seulement
dans le jardin au crépuscule ; il lui promettait de ne point lui parler, de ne pas se montrer si elle l'exigeait. « Soit détachement de
cœur, soit arrêt de la conscience, ajoutait il,
Albert renonce à toi, tranquillement, froidement même en apparence. Le devoir parle
plus haut que l'amour dans son cœur. Dans
peu de jours les Invisibles te signifieront sa
résolution, et prononceront le signal de ta liberté. Tu pourras alors rester ici pour te
faire initier à leurs mystères, si tu persistes
dans cette intention généreuse, et jusque-là
je leur tiendrai mon serment, de ne point me
montrer à tes yeux. Mais si tu n'as fait
cette promesse que par compassion pour

moi, si tu désires t'en affranchir, parle, et je romps tous mes engagements, et je fuis avec toi. Je ne suis pas Albert, moi : j'ai plus d'amour que de vertu. Choisis ! »

« Oui, cela est certain, dit Consuelo en laissant retomber la lettre de l'inconnu sur les touches de son clavecin : celui-ci m'aime et Albert ne m'aime pas. Il est possible qu'il ne m'ait jamais aimée, et que mon image n'ait été qu'une création de son délire. Pourtant cet amour me paraissait sublime, et plût au ciel qu'il le fût encore assez pour conquérir le mien par un pénible et sublime sacrifice ! cela vaudrait mieux pour nous deux que le détachement tranquille de deux âmes adultères. Mieux vaudrait aussi pour Liverani d'être abandonné de moi avec effort et déchirement que d'être accueilli comme une nécessité de mon isolement, dans un jour d'indignation, de honte et de douloureuse ivresse !

Elle répondit à Liverani ce peu de mots : « Je suis trop fière et trop sincère pour vous tromper. Je sais ce que pense Albert, ce qu'il a résolu. J'ai surpris le secret de ses confidences à un ami commun. Il m'abandonne sans regret, et ce n'est pas la vertu seule qui triomphe de son amour. Je ne suivrai pas l'exemple qu'il me donne. Je vous aimais, et je renonce à vous sans en aimer un autre. Je dois ce sacrifice à ma dignité, à ma conscience. J'espère que vous ne vous approcherez plus de ma demeure. Si vous cédiez à une aveugle passion, et si vous m'arrachiez quelque nouvel aveu, vous vous en repentiriez. Vous devriez peut-être ma confiance à la juste colère d'un cœur brisé et à l'effroi d'une âme délaissée. Ce serait mon supplice et le vôtre. Si vous persistez, Liverani, vous n'avez pas en vous l'amour que j'avais rêvé. »

Liverani persista cependant ; il écrivit encore, et fut éloquent, persuasif, sincère dans
son humilité. « Vous faites un appel à ma
fierté, disait-il, et je n'ai pas de fierté avec
vous. Si vous regrettiez un absent dans mes
bras, j'en souffrirais sans en être offensé.
Je vous demanderais, prosterné et en arrosant
vos pieds de mes larmes, de l'oublier et de
vous fier à moi seul. De quelque façon que
vous m'aimiez, et si peu que ce soit, j'en serai reconnaissant comme d'un immense bonheur. » Telle fut la substance d'une suite de
lettres ardentes et craintives, soumises et per
sévérantes. Consuelo sentit s'évanouir sa fierté au charme pénétrant d'un véritable
amour. Insensiblement elle s'habitua à l'idée
qu'elle n'avait encore jamais été aimée auparavant, pas même par le comte de Rudolstadt. Repoussant alors le dépit involontaire

qu'elle avait conçu de cet outrage fait à la sainteté de ses souvenirs, elle craignit, en le manifestant, de devenir un obstacle au bonheur qu'Albert pouvait se promettre d'un nouvel amour. Elle résolut donc d'accepter en silence l'arrêt de séparation dont il paraissait vouloir charger le tribunal des Invisibles, et elle s'abstint de tracer son nom dans les réponses qu'elle fit à l'inconnu, en lui ordonnant d'imiter cette réserve.

Au reste, ces réponses furent pleines de prudence et de délicatesse. Consuelo en se détachant d'Albert et en accueillant dans son âme la pensée d'une autre affection, ne voulait pas céder à un enivrement aveugle. Elle défendit à l'inconnu de paraître devant elle et de manquer à son vœu de silence, jusqu'à ce que les Invisibles l'en eussent relevé. Elle lui déclara que c'était librement et volontairement qu'elle voulait adhérer à cette asso-

ciation mystérieuse qui lui inspirait à la fois
respect et confiance ; qu'elle était résolue à
faire les études nécessaires pour s'instruire
dans leur doctrine, et à se défendre de toute
préoccupation personnelle jusqu'à ce qu'elle
eût acquis, par un peu de vertu, le droit de
penser à son propre bonheur. Elle n'eut pas
la force de lui dire qu'elle ne l'aimait pas ;
mais elle eut celle de lui dire qu'elle ne voulait pas l'aimer sans réflexion.

Liverani parut se soumettre, et Consuelo
étudia attentivement plusieurs volumes que
Matteus lui avait remis un matin de la part
du *prince*, en lui disant que *Son Altesse* et *sa
cour* avaient quitté la *résidence*, mais qu'elle
aurait bientôt *des nouvelles*. Elle se contenta
de ce message, n'adressa aucune question à
Matteus, et lut l'histoire des mystères de l'antiquité, du chistianisme et des diverses sectes
et sociétés secrètes qui en dérivent ; compi-

lation manuscrite fort savante, faite dans la bibliothèque de l'ordre des Invisibles par quelque adepte patient et consciencieux. Cette lecture sérieuse, et pénible d'abord, s'empara peu à peu de son attention, et même de son imagination. Le tableau des épreuves des anciens temples Egyptiens lui fit faire beaucoup de rêves terribles et poétiques. Le récit des persécutions des sectes du moyen âge et de la renaissance émut son cœur plus que jamais, et cette histoire de l'enthousiasme disposa son âme au fanatisme religieux d'une initiation prochaine. Pendant quinze jours, elle ne reçut aucun avis du dehors et vécut dans la retraite, environnée des soins mystérieux du chevalier, mais ferme dans sa résolution de ne point le voir, et de ne pas lui donner trop d'espérances.

Les chaleurs de l'été commençaient à se

faire sentir, et Consuelo, absorbée d'ailleurs
par ses études, n'avait pour se reposer et
respirer à l'aise que les heures fraîches de la
soirée. Peu à peu elle avait repris ses promenades lentes et rêveuses dans le jardin.
l'enclos. Elle s'y croyait seule et pourtant je ne
sais quelle vague émotion lui faisait rêver parfois la présence de l'inconnu non loin d'elle. Ces
belles nuits, ces beaux ombrages, cette solitude, ce murmure languissant de l'eau courante à travers les fleurs, le parfum des
plantes, la voix passionnée du rossignol, suivie de silences plus voluptueux encore ; la
lune jetant de grandes lueurs obliques sous
l'ombre transparente des berceaux embau-
més, le coucher de Vesper derrière les nuages roses de l'horizon, que sais-je? toutes les
émotions classiques, mais éternellement fraîches et puissantes de la jeunesse et de l'a-
mour, plongeaient l'âme de Consuelo dans

de dangereuses rêveries ; son ombre svelte
sur le sable argenté des allées, le vol d'un oiseau réveillé par son approche, le bruit d'une
feuille agitée par la brise , c'en était assez
pour la faire tressaillir et doubler le pas ; mais
ces légères frayeurs étaient à peine dissipées
qu'elles étaient remplacées par un indéfinis-
sable regret, et les palpitations de l'attente
étaient plus fortes que toutes les suggestions de
la volonté.

Une fois elle fut troublée plus que de coutume par le frôlement du feuillage et les
bruits incertains de la nuit. Il lui sembla
qu'on marchait non loin d'elle, qu'on fuyait
à son approche, qu'on s'approchait lorsqu'elle
était assise. Son agitation l'avertissait plus
encore : elle se sentit sans force contre une
rencontre dans ces beaux lieux et sous ce ciel
magnifique. Les bouffées de la brise pas-
saient brûlantes sur son front. Elle s'enfuit

vers le pavillon et s'enferma dans sa chambre. Les flambeaux n'étaient pas allumés.
Elle se cacha derrière une jalousie et désira
ardemment de voir celui dont elle ne voulait pas être vue. Elle vit en effet paraître
un homme qui marcha lentement sous ses
fenêtres sans appeler, sans faire un geste,
soumis et satisfait en apparence de regarder les murs qu'elle habitait. Cet homme,
c'était bien l'inconnu, du moins Consuelo le
sentit d'abord à son trouble, et crut reconnaître sa stature et sa démarche. Mais bientôt d'étranges doutes et des craintes pénibles
s'emparèrent de son esprit. Ce promeneur
silencieux lui rappelait Albert au moins autant que Liverani. Ils étaient de la même
taille ; et maintenant qu'Albert, transformé
par une santé nouvelle, marchait avec aisance et ne tenait plus sa tête penchée sur
son sein ou appuyée sur sa main, dans une

attitude chagrine ou maladive, Consuelo ne
connaissait guère plus son aspect extérieur que
celui du chevalier. Elle avait vu celui-ci un
instant au grand jour, marchant devant elle
à distance et enveloppé des plis d'un man-
tau. Elle avait vu Albert peu d'instants aussi
dans la tour déserte, depuis qu'il était si différent de ce qu'elle le connaissait ; et maintenant elle voyait l'un ou l'autre très vague-
ment, à la clarté des étoiles ; et chaque fois
qu'elle se croyait sur le point de fixer ses
doutes, il passait sous l'ombre des arbres et s'y
perdait comme une ombre lui-même. Il disparut enfin tout à fait, et Consuelo resta partagée
entre la joie et la crainte, se reprochant d'a-
voir manqué de courage pour appeler Albert
à tout hasard, afin de provoquer une explication sincère et loyale entre eux.

Ce repentir devint plus vif à mesure qu'il
s'éloignait, et en même temps la persuasion
que c'était lui, en effet, qu'elle venait de

voir. Entraînée par cette habitude de dévouement qui lui avait toujours tenu lieu d'amour
pour lui, elle se dit que s'il venait ainsi errer
autour d'elle, c'était dans l'espérance timide
de l'entretenir. Ce n'était pas la première fois
qu'il le tentait; il l'avait dit à Trenck un
soir où peut-être il s'était croisé dans l'obscurité avec Liverani. Consuelo résolut de
provoquer cette explication nécessaire. Sa
conscience lui faisait un devoir d'éclaircir
ses doutes sur les véritables dispositions de
son époux, généreux ou volage. Elle redescendit au jardin et courut après lui, tremblante et pourtant courageuse; mais elle
avait perdu sa trace, et elle parcourut tout
l'enclos sans le rencontrer.

Enfin elle vit tout à coup, au sortir d'un
bosquet, un homme debout au bord de l'eau.
Était-ce bien le même qu'elle cherchait? Elle
l'appela du nom d'Albert; il tressaillit, passa

ses mains sur son visage, et lorsqu'il se retourna, le masque noir couvrait déjà ses
traits. « Albert, est-ce vous ? s'écria Consuelo ; c'est vous , vous seul que je cherche. »

Une exclamation étouffée trahit chez cet
inconnu je ne sais quelle émotion de joie ou
de douleur. Il sembla vouloir fuir ; Consuelo
avait cru reconnaître la voix d'Albert , elle
s'élança et le retint par son manteau. Mais
elle s'arrêta , le manteau en s'écartant avait
laissé voir sur la poitrine de l'inconnu une
assez large croix d'argent que Consuelo connaissait trop bien : c'était celle de sa mère ,
la même qu'elle avait confiée au chevalier
durant son voyage avec lui, comme un gage
de reconnaissance et de sympathie.

« Liverani ! dit-elle, toujours vous ! Puisque c'est vous, adieu ! pourquoi m'avez-vous
désobéi ?

Il se jeta à ses pieds, l'entoura de ses bras
et lui prodigua d'ardentes et respectueuses
étreintes que Consuelo n'eut plus la force de
repousser. « Si vous m'aimez et si vous voulez que je vous aime, laissez-moi , lui dit-elle
C'est devant les Invisibles que je veux vous
voir et vous entendre. Votre masque m'ef-
fraye, votre silence me glace le cœur. »

Liverani porta la main à son masque, il
allait l'arracher et parler. Consuelo . comme
la curieuse Psyché, n'avait plus le courage de
fermer les yeux... mais tout à coup le voile
noir des messagers du tribunal secret tomba
sur sa tête. La main de l'inconnu qui avait
saisi la sienne avec précipitation fut détachée
en silence. Consuelo se sentit entraînée sans
violence et sans courroux[3] apparent , mais
avec rapidité. On l'enleva de terre, elle sentit fléchir sous ses pieds le plancher d'une
barque. Elle descendit le ruisseau longtemps

sans que personne lui adressât la parole , et lorsqu'on lui rendit la lumière,elle se trouva dans la salle souterraine où elle avait comparu pour la première fois devant le tribunal des Invisibles.

11

Ils étaient là tous les sept comme la première fois, masqués, muets , impénétrables comme des fantômes. Le huitième personnage, qui avait alors adressé la parole à Consuelo et qui semblait être l'interprète du conseil et l'initiateur des adeptes lui parla en ces termes :

« Cousuelo, tu as subi déja des épreuves
dont tu es sortie à ta gloire et à notre satisfaction. Nous pouvons t'accorder notre confiance et nous allons te le prouver.

—Attendez, dit Consuelo ; vous me croyez
sans reproche, et je ne le suis pas. Je vous ai
désobéi, je suis sortie de la retraite que vous
m'aviez assignée.

— Par curiosité ?

— Non.

— Peux-tu dire ce que tu as appris ?

— Ce que j'ai appris m'est tout personnel;
j'ai parmi vous un confesseur à qui je puis et
veux le révéler.

Le vieillard que Consuelo invoquait se leva
et dit :

« Je sais tout. La faute de cette enfant est
légère. Elle ne sait rien de ce que vous voulez qu'elle ignore. La confidence de ses émotions sera entre elle et moi. En attendant
mettez l'heure à profit : que ce qu'elle doit sa-

voir lui soit révélé sans retard. Je me porte garant pour elle en toutes choses. »

L'initiateur reprit la parole après s'être retourné vers le tribunal et en avoir reçu un signe d'adhésion.

« Ecoute-moi bien, lui dit-il, je te parle au nom de ceux que tu vois ici rassemblés. C'est leur esprit et pour ainsi dire leur souffle qui m'inspire. C'est leur doctrine que je vais t'exposer.

« Le caractère distinctif des religions de l'antiquité est d'avoir deux faces, une extérieure et publique, une interne et secrète. L'une est l'esprit, l'autre la forme ou la lettre. Derrière le symbole matériel et grossier, le sens profond, l'idée sublime. L'Égypte et l'Inde, grands types des antiques religions, mères des pures doctrines, offrent au plus haut point cette dualité d'aspect, signe nécessaire et fatal de l'enfance des sociétés, et des misères attachées au développe-

ment du génie de l'homme. Tu as appris récemment en quoi consistaient les grand mystères de Memphis et d'Eleusis, et tu sais maintenant pourquoi la science divine, politique
et sociale, concentrée avec le triple pouvoir
religieux, militaire et industriel dans les
mains des hiérophantes, ne descendit pas
jusqu'aux classes infimes de ces antiques sociétés. L'idée chrétienne, enveloppée, dans
la parole du révélateur, de symboles plus
transparents et plus purs, vint au monde
pour faire descendre dans les âmes populai-
res la connaissance de la vérité et la lumière
de la foi. Mais la théocratie, abus inévitable
des religions qui se constituent dans le trouble et les périls, vint bientôt s'efforcer de voiler
encore une fois le dogme, et, en le voilant, elle
l'altéra. L'idolâtrie reparut avec les mystères, et, dans le pénible développement du
christianisme, on vit les hiérophantes de la
Rome apostolique perdre, par un châtiment

divin, la lumière divine, et retomber dans les
ténèbres où ils voulaient plonger les hom‑
mes. Le développement de l'intelligence hu‑
maine s'opéra dès lors dans un sens tout con‑
traire à la marche du passé. Le temple ne
fut plus, comme dans l'antiquité, le sanctuai‑
re de la vérité. La superstition et l'ignorance
le symbole grossier, la lettre morte, siégè‑
rent sur les autels et sur les trônes. L'esprit
descendit enfin dans les classes trop long‑
temps avilies. De pauvres moines, d'obscurs
docteurs, d'humbles pénitents, vertueux
apôtres du christianisme primitif, firent de
la religion secrète et persécutée l'asile de la
vérité inconnue. Ils s'efforcèrent d'initier le
peuple à la religion de l'égalité, et, au nom
de saint Jean, ils prêchèrent un nouvel évan‑
gile, c'est-à-dire une interprétation plus li‑
bre, plus hardie et plus pure de la révélation
chrétienne. Tu sais l'histoire de leurs tra‑
vaux, de leurs combats et de leurs martyres, tu

sais les souffrances des peuples, leurs ardentes inspirations, leurs élans terribles , leurs
déplorables affaissements, leurs réveils ora-
geux ; et, à travers tant d'efforts tour à tour
effroyables et sublimes, leur héroïque persévérance à fuir les ténèbres et à trouver les
voies de Dieu. Le temps est proche où le
voile du temple sera déchiré pour jamais, et
où la foule emportera d'assaut les sanctuai-
res de l'arche sainte. Alors les symboles dis-
paraîtront, et les abords de la vérité ne seront plus gardés par les dragons du despotisme religieux et monarchique. Tout homme
pourra marcher dans le chemin de la lumière et se rapprocher de Dieu de toute la puissance de son âme. Nul ne dira plus à son
frère : « Ignore et abaisse-toi. Ferme les
yeux et reçois le joug. » Tout homme pourra
au contraire, demander à son semblable le
secours de son œil, de son cœur et de son
bras pour pénétrer dans les arcanes de la

science sacrée. Mais ce temps n'est pas encore venu, et nous n'en saluons aujourd'hui que l'aube tremblante à l'horizon. Le temps de la religion secrète dure toujours, la tâche du mystère n'est pas accomplie. Nous voici encore enfermés dans le temple, occupés à forger des armes pour écarter les ennemis qui s'interposent entre les peuples et nous, et forcés de tenir encore nos portes fermées et nos paroles secrètes pour qu'on ne vienne pas arracher de nos mains l'arche sainte, sauvée avec tant de peine et réservée à la communauté des hommes.

« Te voilà donc accueillie dans le nouveau temple : mais ce temple est encore une forteresse qui tient depuis des siècles pour la liberté sans pouvoir la conquérir. La guerre est autour de nous. Nous voulons être des libérateurs, nous ne sommes encore que des combattants. Tu viens ici pour recevoir

la communion fraternelle, l'étendard du salut,
le signe de la liberté, et pour périr peut-être
sur la brèche au milieu de nous. Voilà la destinée que tu as acceptée; tu succomberas peut-
être sans avoir vu flotter sur ta tête le gage
de la victoire. C'est encore au nom de saint
Jean que nous appelons les hommes à la croi-
sade. C'est encore un symbole que nous in-
voquons; nous sommes les héritiers des johannites d'autrefois, les continuateurs igno-
rés, mystérieux et persévérants de Wickleff,
de Jean Huss et de Luther; nous voulons,
comme ils le voulaient, affranchir le genre
humain; mais, comme eux, nous ne sommes
pas libres nous-mêmes, et comme eux, nous
marchons peut-être au supplice.

« Cependant le combat a changé de terrain, et les armes de nature. Nous bravons
encore la rigueur ombrageuse des lois, nous
nous exposons encore à la proscription, à
la misère, à la captivité, à la mort; car

les moyens de la tyrannie sont toujours les
mêmes : mais nos moyens, à nous, ne sont
plus l'appel à la révolte matérielle, et la prédication sanglante de la croix et du glaive.
Notre guerre est toute intellectuelle comme
notre mission. Nous nous adressons à l'esprit.
Nous agissons par l'esprit. Ce n'est pas à main
armée que nous pouvons renverser des gou-
vernements, aujourd'hui organisés et appuyés
sur tous les moyens de la force brutale. Nous
leur faisons une guerre plus lente, plus sourde
et plus profonde, nous les attaquons au cœur.
Nous ébranlons leurs bases en détruisant la foi
aveugle et le respect idolâtrique qu'ils cher-
chent à inspirer. Nous faisons pénétrer par-
tout, et jusque dans les cours, et même jusque dans l'esprit troublé et fasciné des princes et des rois, ce que personne n'ose déjà
plus appeler le poison de la philosophie; nous
détruisons tous les prestiges ; nous lançons du
haut de notre forteresse, tous les boulets

rouges de l'ardente vérité et de l'implacable raison sur les autels et sur les trônes. Nous vaincrons, n'en doute pas. Dans combien d'années, dans combien de jours? nous l'ignorons. Mais notre entreprise date de si loin, elle a été conduite avec tant de foi, étouffée avec si peu de succès, reprise avec tant d'ardeur, poursuivie avec tant de passion, qu'elle ne peut pas échouer; elle est devenue immortelle de sa nature comme les biens immortels dont elle a résolu la conquête. Nos ancêtres l'ont commencée, et chaque génération a rêvé de la finir. Si nous ne l'espérions pas un peu aussi nous-mêmes, peut-être notre zèle serait-il moins fervent et moins efficace; mais si l'esprit de doute et d'ironie, qui domine le monde à cette heure, venait à nous prouver, par ses froids calculs et ses raisonnements accablants, que nous poursuivons un rêve, réalisable seulement dans plu-

sieurs siècles, notre conviction dans la sainteté de notre cause n'en serait point ébran-
lée ; et pour travailler avec un peu plus d'effort et de douleur, nous n'en travaillerions
pas moins pour les hommes de l'avenir. C'est
qu'il y a entre nous et les hommes du passé,
et les générations à naître, un lien religieux
si étroit et si ferme, que nous avons presque
étouffé en nous le côté égoïste et personnel de
l'individualité humaine. C'est ce que le vulgaire ne saurait comprendre, et pourtant il
y a dans l'orgueil de la noblesse quelque
chose qui ressemble à notre religieux enthousiasme héréditaire. Chez les grands, on
fait beaucoup de sacrifices à la gloire, afin
d'être digne de ses aïeux, et de léguer beaucoup d'honneur à sa postérité. Chez nous
autres, architectes du temple de la vérité, on
fait beaucoup de sacrifices à la vertu, afin de
continuer l'édifice des maîtres et de former

de laborieux apprentis. Nous vivons par l'esprit et par le cœur dans le passé, dans l'avenir et dans le présent tout à la fois. Nos prédécesseurs et nos successeurs sont aussi bien *nous* que nous-mêmes. Nous croyons à la transmission de la vie, des sentiments, des généreux instincts dans les âmes, comme les patriciens croient à celles d'une excellence de race dans leurs veines. Nous allons plus loin encore; nous croyons à la transmission de la vie, de l'individualité, de l'âme et de la personne humaine. Nous nous sentons fatalement et providentiellement appelés à continuer l'œuvre que nous avons déjà rêvée, toujours poursuivie et avancée de siècle en siècle. Parmi nous il en est même quelques-uns qui ont poussé la contemplation du passé et de l'avenir au point de perdre presque la notion du présent; c'est la fièvre sublime, c'est l'extase de nos croyants et de nos saints : car nous avons nos saints, nos prophètes, peut-être aussi nos exaltés et nos visionnaires; mais quel que soit l'égarement ou la sublimité de leur transport, nous respectons leur inspiration, et parmi nous, Albert l'extatique et le *voyant* n'a trouvé que des frères pleins de sympathie pour ses douleurs et d'admiration pour ses enthousiasmes. Nous avons foi aussi à la conviction du comte de Saint-Germain, réputé imposteur ou aliéné dans le monde. Quoique ses réminiscences d'un passé inaccessible à la mémoire humaine aient un caractère plus calme, plus précis et plus inconcevable encore que les extases d'Albert, elles ont aussi un caractère de bonne foi et une lucidité dont il nous est impossible de nous railler. Nous comptons parmi nous beaucoup d'autres exaltés, des mystiques, des poètes, des hommes du peuple, des philosophes, des artistes, d'ardents sectaires groupés sous les bannières de divers chefs;

des bœhmistes, des théosophes, des moraves, des hernuters, des quakers, même des panthéistes, des pythagoriciens, des xérophagistes, des illuminés, des johannites, des templiers, des millénaires, des joachimites, etc. Toutes ces sectes anciennes, pour n'avoir plus le développement qu'elles eurent aux époques de leur éclosion, n'en sont pas moins existantes, et même assez peu modifiées. Le propre de notre époque est de reproduire à la fois toutes les formes que le génie novateur ou réformateur a données tour à tour dans les siècles passés à la pensée religieuse et philosophique. Nous recrutons donc nos adeptes dans ces divers groupes sans exiger une identité de préceptes absolue, et impossible dans le temps où nous vivons. Il nous suffit de trouver en eux l'ardeur de la destruction pour les appeler dans nos rangs: toute notre science organi-

satrice consiste à ne choisir les *constructeurs*
que parmi des esprits supérieurs aux dis-
putes d'école, chez qui la passion de la vérité,
la soif de la justice et l'instinct du beau moral l'emportent sur les habitudes de famille et
les rivalités de secte. Il n'est d'ailleurs pas si
difficile qu'on le croit de faire travailler de
concert des éléments très-dissemblables ; ces
dissemblances sont plus apparentes que
réelles. Au fond, tous les hérétiques (c'est
avec respect que j'emploie ce nom) sont d'ac-
cord sur le point principal, celui de détruire
la tyrannie intellectuelle et matérielle , ou
tout au moins de protester contre. Les anta-
gonismes qui ont retardé jusqu'ici la fusion
de toutes ces généreuses et utiles résistances
viennent de l'amour-propre et de la jalousie,
vices inhérents à la condition humaine, con-
tre-poids fatal et inévitable de tout progrès
dans l'humanité. En ménageant ces suscep-

tibilités, en permettant à chaque communion
de garder ses maîtres, ses institutions et ses
rites, on peut constituer, sinon une société, du
moins une armée, et, je te l'ai dit, nous ne sommes encore qu'une armée marchant à la conquête d'une terre promise, d'une société idéa-
le. Au point où en est encore la nature humaine, il y a tant de nuances de caractères chez
les individus, tant de degrés différents dans
la conception du vrai, tant d'aspects variés,
ingénieuses manifestations de la riche nature
qui créa le génie humain, qu'il est absolument
nécessaire de laisser à chacun les conditions
de sa vie morale et les éléments de sa force
d'action.

« Notre œuvre est grande, notre tâche est
immense. Nous ne voulons pas fonder seulement un empire universel sur un ordre nouveau et sur des bases équitables ; c'est une
religion que nous voulons reconstituer. Nous
sentons bien d'ailleurs que l'un est impossi-

ble sans l'autre. Aussi avons-nous deux mo-
des d'action. Un tout matériel, pour miner èt
faire crouler l'ancien monde par la critique,
par l'examen, par la raillerie même, par le
voltairianisme et tout ce qui s'y rattache. Le
redoutable concours de toutes les volontés
hardies et de toutes les passions fortes précipite notre marche dans ce sens-là. Notre autre mode d'action est tout spirituel : il s'agit
d'édifier la religion de l'avenir. L'élite des in-
telligences et des vertus nous assiste dans ce
labeur incessant de notre pensée. L'œuvre
des Invisibles est un concile que la persécution du monde officiel empêche de se réunir
publiquement, mais qui délibère sans relâche
et qui travaille sous la même inspiration de
tous les points du monde civilisé. Des com-
munications mystérieuses apportent le grain
dans l'aire à mesure qu'il mûrit, et le sèment
dans le champ de l'humanité à mesure que

nous le détachons de l'épi. C'est à ce dernier travail souterrain que tu peux t'associer, nous te dirons comment quand tu l'auras accepté.

— Je l'accepte, répondit Consuelo d'une voix ferme, et en étendant le bras en signe de serment.

— Ne te hâte point de promettre, femme aux instincts généreux, à l'âme entreprenante. Tu n'as peut-être pas toutes les vertus que réclamerait une telle mission. Tu as traversé le monde ; tu y as déjà puisé les notions de la prudence, de ce qu'on appelle le savoir-vivre, la discrétion, l'esprit de conduite.

— Je ne m'en flatte pas, répondit Consuelo, en souriant avec une fierté modeste.

— Eh bien, tu y as appris du moins à douter, à discuter, à railler, à suspecter.

— A douter, peut-être. Otez-moi le doute qui n'était pas dans ma nature, et qui m'a

fait souffrir ; je vous bénirai. Otez-moi surtout le doute de moi-même , qui me frappe-
rait d'impuissance.

— Nous ne t'ôterons le doute qu'en te dé-
veloppant nos principes. Quant à te donner
des garanties matérielles de notre sincérité
et de notre puissance , nous ne le ferons pas
plus que nous ne l'avons fait jusqu'ici. Que
les services rendus te suffisent ; nous t'assis-
terons toujours dans l'occasion : mais nous
ne t'associerons aux mystères de notre pensée et de nos actions que selon la part d'action que nous ne te donnerons à toi-même.
Tu ne nous connaîtras point. Tu ne verras
jamais nos traits. Tu ne sauras jamais nos
noms, à moins qu'un grand intérêt de la
cause ne nous force à enfreindre la loi qui
nous rend inconnus et invisibles à nos disciples. Peux-tu te soumettre et te fier aveuglément à des hommes qui ne seront jamais

pour toi que des êtres abstraits, des idées
vivantes, des appuis et des conseils mystérieux ?

— Une vaine curiosité pourrait seule me
pousser à vouloir vous connaître autrement.
J'espère que ce sentiment puéril n'entrera
jamais en moi.

— Il ne s'agit point de curiosité, il s'agit
de méfiance. La tienne serait fondée selon
la logique et la prudence du monde. Un
homme répond de ses actions ; son nom est
une garantie ou un avertissement ; sa répu-
tation appuie ou dément ses actes ou ses projets. Songes-tu bien que tu ne pourras jamais comparer la conduite d'aucun de nous
en particulier avec les préceptes de l'ordre?
Tu devras croire en nous comme à des saints,
sans savoir si nous ne sommes pas des hypo-
crites. Tu devras même peut-être voir éma-
ner de nos décisions des injustices, des perfi-

dies, des cruautés apparentes. Tu ne pourras pas plus contrôler nos démarches que nos
intentions. Auras-tu assez de foi pour marcher
les yeux fermés sur le bord d'un abîme ?

— Dans la pratique du catholiscime, j'ai
fait ainsi dans mon enfance, répondit Consuelo après un instant de réflexion. J'ai ouvert mon cœur et abandonné la direction de
ma conscience à un prêtre dont je ne voyais
pas les traits derrière le voile du confession-
nal, et dont je ne savais ni le nom ni la vie.
Je ne voyais en lui que le sacerdoce, l'homme
ne m'était rien. J'obéissais au Christ, je ne
m'inquiétais pas du ministre. Pensez-vous
que cela soit bien difficile ?

— Lève donc la main à présent, si tu persistes.

— Attendez, dit Consuelo. Votre réponse
déciderait de ma vie, mais me permettez-
vous de vous interroger une seule, une première et dernière fois ?

— Tu le vois ! déjà tu hésites, déjà tu cherches des garanties ailleurs que dans ton inspiration spontanée et dans l'élan de ton cœur vers l'idée que nous représentons. Parle cependant. La question que tu veux nous faire nous éclairera sur tes dispositions.

— La voici. Albert est-il initié à tous vos secrets ?

— Oui.

— Sans restriction aucune ?

— Sans restriction aucune.

— Et il marche avec vous ?

— Dis plutôt que nous marchons avec lui. Il est une des lumières de notre conseil, la plus pure, la plus divine peut-être.

— Que ne me disiez vous cela d'abord ? Je n'eusse pas hésité un instant. Conduisez-moi où vous voudrez, disposez de ma vie. Je suis à vous, et je le jure.

— Tu étends la main ! mais sur quoi jures-tu ?

— Sur le Christ dont je vois l'image ici.

— Qu'est-ce que le Christ ?

— C'est la pensée divine, révélée à l'humanité.

— Cette pensée est-elle tout entière dans la lettre de l'Évangile ?

— Je ne le crois pas ; mais je crois qu'elle est tout entière dans son esprit.

— Nous sommes satisfaits de tes réponses, et nous acceptons le serment que tu viens de faire. A présent, nous allons t'instruire de tes devoirs envers Dieu et envers nous. Apprends donc d'avance les trois mots qui sont tout le secret de nos mystères, et qu'on ne révèle à beaucoup d'affiliés qu'avec tant de lenteurs et de précautions. Tu n'as pas besoin d'un long apprentissage ; et cependant, il te faudra quelques réflexions pour en comprendre toute la portée. *Liberté, fraternité; égalité* : voilà la formule mystérieuse et profonde de l'œuvre des Invisibles.

— Est-ce là, en effet, tout le mystère?

— Il ne te semble pas que c'en soit un; mais examine l'état des sociétés, et tu verras que, pour des hommes habitués à être régis par le despotisme, l'inégalité, l'antagonisme, c'est toute une éducation, toute une conversion, toute une révélation, que d'arriver à comprendre nettement la possibilité humaine, la nécessité sociale et l'obligation morale de ce triple précepte : *liberté, égalité, fraternité*. Le petit nombre d'esprit droits et de cœurs purs qui protestent naturellement contre l'injustice et le désordre des tyrannies saisissent, dès le premier pas, la doctrine secrète. Leurs progrès y sont rapides ; car il ne s'agit plus, avec eux, que de leur enseigner les procédés d'application que nous avons trouvés. Mais, pour le grand nombre, avec les gens du monde, les courtisans et les puissants, imagine ce qu'il faut de précautions et de ménagements pour livrer à leur

examen la formule sacrée de l'œuvre immortelle. Il faut s'environner de symboles et de
détours ; il faut leur persuader qu'il ne s'agit
que d'une liberté fictive et restreinte à l'exercice de la pensée individuelle, d'une égalité
relative, étendue seulement aux membres
de l'association, et praticable seulement
dans ses réunions secrètes et bénévoles, enfin, d'une fraternité romanesque, consentie
entre un certain nombre de personnes et
bornée à des services passagers, à quelques
bonnes œuvres, à des secours mutuels. Pour
ces esclaves de la coutume et du préjugé,
nos mystères ne sont que les statuts d'ordres
héroïques, renouvelés de l'ancienne chevalerie, et ne portant nulle atteinte aux pouvoirs constitués, nul remède aux misères des
peuples. Pour ceux-là, il n'y a que des grades insignifiants, des degrés de science frivole
ou d'ancienneté banale, une série d'initiations
dont les rites bizarres amusent leur curiosité

sans éclairer leurs esprits. Ils croient tout
savoir et ne savent rien.

— A quoi servent-ils? dit Consuelo, qui
écoutait attentivement.

— A protéger l'exercice et la liberté du travail de ceux qui comprennent et qui savent,
répondit l'initiateur. Ceci te sera expliqué.
Écoute d'abord ce que nous attendons de toi.

« L'Europe (l'Allemagne et la France principalement) est remplie de sociétés secrètes, labo-
ratoires souterrains où se prépare une grande
révolution, dont le cratère sera l'Allemagne
ou la France. Nous avons la clef, et nous ten-
tons d'avoir la direction, de toutes ces associations, à l'insu de la plus grande partie de
leurs membres, et à l'insu les unes des autres. Quoique notre but ne soit pas encore at-
teint, nous avons réussi à mettre le pied par-
tout, et les plus éminents, parmi ces divers
affiliés, sont à nous et secondent nos efforts.
Nous te ferons entrer dans tous ces sanc-

tuaires sacrés, dans tous ces temples profanes, car la corruption ou la frivolité ont
bâti aussi leurs cités ; et, dans quelques-unes,
le vice et la vertu travaillent au même œuvre
de destruction, sans que le mal comprenne
son association avec le bien. Telle est la loi
des conspirations. Tu sauras le secret des
francs-maçons, grande confrérie qui, sous les
formes les plus variées, et avec les idées les
plus diverses, travaille à organiser la pratique et à répandre la notion de l'égalité. Tu re-
cevras les degrés de tous les rites, quoique les
femmes n'y soient admises qu'à titre d'adoption, et qu'elles ne participent pas à tous les
secrets de la doctrine. Nous te traiterons
comme un homme; nous te donnerons tous les
insignes, tous les titres, toutes les formules
nécessaires aux relations que nous te ferons
établir avec les *loges*, et aux négociations dont
nous te chargerons avec elles. Ta profession,
ton existence voyageuse, tes talents, le pres-

tige de ton sexe, de ta jeunesse et de ta
beauté, tes vertus, ton courage, ta droiture
et ta discrétion te rendent propre à ce rôle
et nous donnent les garanties nécessaires.
Ta vie passée, dont nous connaissons les
moindres détails, nous est un gage suffisant.
Tu as subi volontairement plus d'épreuves
que les mystères maçonniques n'en sauraient
inventer, et tu en es sortie plus victorieuse
et plus forte que leurs adeptes ne sortent des
vains simulacres destinés à éprouver leur
constance. D'ailleurs, l'épouse et l'élève
d'Albert Rudolstadt est notre fille, notre sœur
et notre égale. Comme Albert, nous profes-
sons le précepte de l'égalité divine de l'homme
et de la femme ; mais, forcés de reconnaître
dans les fâcheux résultats de l'éducation de
ton sexe, de sa situation sociale et de ses habitudes, une légèreté dangereuse et de capri-
cieux instincts, nous ne pouvons pratiquer
ce précepte dans toute son étendue; nous ne

pouvons nous fier qu'à un petit nombre de femmes, et il est des secrets que nous ne confierons qu'à toi seule.

« Les autres sociétés secrètes des diverses nations de l'Europe te seront ouvertes également par le talisman de notre investiture; afin que, quelque pays que tu traverses, tu y trouves l'occasion de nous seconder et de servir notre cause. Tu pénètreras même, s'il le faut, dans l'impure société des *Mopses* et dans les autres mystérieuses retraites de la galanterie et de l'incrédulité du siècle. Tu y porteras la réforme et la notion d'une fraternité plus pure et mieux étendue. Tu ne seras pas plus souillée dans ta mission, par le spectacle de la débauche des grands, que tu ne l'as été par celui de la liberté des coulisses. Tu seras la sœur de charité des âmes malades; nous te donnerons d'ailleurs les moyens de détruire les associations que tu ne pour-

rais point corriger. Tu agiras principalement
sur les femmes : ton génie et ta renommée
t'ouvrent les portes des palais : l'amour de
Trenck et notre protection t'ont livré déjà le
cœur et les secrets d'une princesse illustre.
Tu verras de plus près encore des têtes plus
puissantes, et tu en feras nos auxiliaires. Les
moyens d'y parvenir seront l'objet de com-
munications particulières, de toute une éducation spéciale que tu dois recevoir ici. Dans
toutes les cours et dans toutes les villes de
l'Europe où tu voudras porter tes pas, nous
te ferons trouver des amis, des associés, des
frères pour te seconder, des protecteurs puissants pour te soustraire aux dangers de ton
entreprise. Des sommes considérables te se-
seront confiées pour soulager les infortunes
de nos frères et celles de tous les malheureux
qui, au moyen des *signaux de détresse*, in-
voqueront le secours de notre ordre, dans les

lieux où tu te trouveras. Tu institueras parmi
les femmes des sociétés secrètes nouvelles,
fondées par nous sur le principe de la nôtre,
mais appropriées, dans leurs formes et dans
leur composition, aux usages et aux mœurs
des divers pays et des diverses classes. Tu y
opéreras, autant que possible, le rapproche-
ment cordial et sincère de la grande dame et
de la bourgeoise, de la femme riche et de
l'humble ouvrière, de la vertueuse matrone
et de l'artiste aventureuse, *Tolérance et bien-
faisance*, telle sera la formule, adoucie pour
les personnes du monde, de notre véritable et
austère formule : *égalité, fraternité*. Tu le
vois ; au premier abord, ta mission est douce
pour ton cœur et glorieuse pour ta vie ; cependant elle n'est pas sans danger. Nous
sommes puissants, mais la trahison peut détruire notre entreprise et t'envelopper dans
notre désastre. Spandau peut bien n'être

pas la dernière de tes prisons, et les empor-
tements de Frédéric II la seule ire royale que
tu aies à affronter. Tu dois être préparée à
tout, et dévouée d'avance au martyre de la
persécution.

— Je le suis, répondit Consuelo.

— Nous en sommes certains, et si nous
craignons quelque chose, ce n'est pas la faiblesse de ton caractère, c'est l'abattement
de ton esprit. Dès à présent nous devons te
mettre en garde contre le principal dégoût
attaché à ta mission. Les premiers grades
des sociétés secrètes, et de la maçonnerie
particulièrement, sont à peu près insignifiants à nos yeux, et ne nous servent qu'à
éprouver les instincts et les dispositions des
postulants. La plupart ne dépassent jamais
ces premiers degrés, où, comme je te l'ai dit
déjà, de vaines cérémonies amusent leur
frivole curiosité. Dans les grades suivants on

n'admet que les sujets qui donnent de l'espérance, et cependant on les tient encore à distance du but, on les examine, on les éprouve.
on sonde leurs âmes, on les prépare à une
initiation plus complète, ou on les abandonne
à une interprétation qu'ils ne sauraient franchir sans danger pour la cause et pour eux-
mêmes. Ce n'est encore là qu'une pépinière
où nous choisissons les plantes robustes des-
tinées à être transplantées dans la forêt sacrée. Aux derniers grades appartiennent
seules les révélations importantes, et c'est
par ceux-là que tu vas débuter dans la car-
rière. Mais le rôle de *maître* impose bien des
devoirs, et là cesse le charme de la curiosité,
l'enivrement du mystère, l'illusion de l'espérance. Il ne s'agit plus d'apprendre, au milieu de l'enthousiasme et de l'émotion, cette
loi qui transforme le néophyte en apôtre, la
novice en prêtresse. Il s'agit de la pratiquer
en instruisant les autres et en cherchant à

recruter, parmi les pauvres de cœur et les
faibles d'esprit, des lévites pour le sanctuaire.
C'est là, pauvre Consuelo, que tu connaîtras
l'amertume des illusions déçues et les durs
labeurs de la persévérance, lorsque tu verras,
parmi tant de poursuivants avides, curieux et
fanfarons de la vérité, si peu d'esprits sérieux,
fermes et sincères, si peu d'âmes dignes de
la recevoir et capables de la comprendre.
Pour des centaines d'enfants, vaniteux d'em-
ployer les formules de l'égalité et d'en affecter
les simulacres, tu trouveras à peine un homme
pénétré de leur importance et courageux
dans leur interprétation. Tu seras obligée de
leur parler par des énigmes et de te faire un
triste jeu de les abuser sur le fond de la doctrine. La plupart des princes que nous enrô-
lons sous notre bannière sont dans ce cas, et,
parés de vains titres maçonniques qui amusent leur fol orgueil, ne servent qu'à nous
garantir la liberté de nos mouvements et la

tolérance de la police. Quelques-uns pourtant sont sincères ou l'ont été. Frédéric dit le Grand, et capable certainement de l'être, a été reçu franc-maçon avant d'être roi, et, à cette époque, la liberté parlait à son cœur, l'égalité à sa raison. Cependant nous avons entouré son initiation d'hommes habiles et prudents, qui ne lui ont pas livré les secrets de la doctrine. Combien n'eût-on pas eu à s'en repentir ! A l'heure qu'il est, Frédéric soupçonne, surveille et persécute un autre rite maçonnique qui s'est établi à Berlin, en concurrence de la loge qu'il préside, et d'autres sociétés secrètes à la tête desquelles le prince Henri, son frère, s'est placé avec ardeur. Et cependant le prince Henri n'est et ne sera jamais, non plus que l'abbesse de Quedlimbourg, qu'un initié du second degré. Nous connaissons les princes, Consuelo, et nous savons qu'il ne faut jamais compter entièrement sur eux, ni sur leurs courtisans. Le

frère et la sœur de Frédéric souffrent de sa
tyrannie et la maudissent. Ils conspireraient
volontiers contre elle, mais à leur profit.
Malgré les éminentes qualités de ces deux
princes, nous ne remettrons jamais dans
leurs mains les rênes de notre entreprise.
Ils conspirent en effet, mais ils ne savent pas
à quelle œuvre terrible ils prêtent l'appui de
leur nom, de leur fortune et de leur crédit.
Ils s'imaginent travailler seulement à dimi-
nuer l'autorité de leur maître, et à paralyser
les envahissements de son ambition. La princesse Amélie porte même dans son zèle une
sorte d'enthousiasme républicain, et elle
n'est pas la seule tête couronnée qu'un certain rêve de grandeur antique et de révolution philosophique ait agitée dans ces temps-
ci. Tous les petits souverains de l'Allemagne
ont appris le *Télémaque* de Fénélon par
cœur dès leur enfance, et aujourd'hui ils se
nourrissent de Montesquieu, de Voltaire et

d'Helvétius : mais ils ne vont guère au delà
d'un certain idéal de gouvernement aristo-
cratique, sagement pondéré, où ils auraient,
de droit, les premières places. Tu peux juger
de leur logique et de leur bonne foi, à tous,
par le contraste bizarre que tu as vu dans
Frédéric, entre les maximes et les actions,
les paroles et les faits. Ils ne sont tous que des
copies, plus ou moins effacées, plus ou moins
outrées, de ce modèle des tyrans philosophes. Mais comme ils n'ont pas le pouvoir
absolu entre les mains, leur conduite est
moins choquante, et peut faire illusion
sur l'usage qu'ils feraient de ce pouvoir.
Nous ne nous y laissons pas tromper ; nous
laissons ces maîtres ennuyés, ces dangereux
amis s'asseoir sur les trônes de nos temples
symboliques. Ils s'en croient les pontifes, ils
s'imaginent tenir la clef des mystères sacrés,
comme autrefois le chef du saint-empire, élu
fictivement grand maître du tribunal secret,

se persuadait commander à la terrible armée
des francs-juges, maîtres de son pouvoir, de
ses desseins et de sa vie. Mais, tandis qu'ils se
croient nos généraux, ils nous servent de
lieutenants; et jamais, avant le jour fatal
marqué pour leur chute dans le livre du des-
tin, ils ne sauront qu'ils nous aident à travailler contre eux-mêmes.

« Tel est le côté sombre et amer de notre
œuvre. Il faut transiger avec certaines lois
de la conscience paisible, quand on ouvre son
âme à notre saint fanatisme. Auras-tu ce
courage, jeune prêtresse au cœur pur, à la
parole candide ?

— Après tout ce que vous venez de me
dire, il ne m'est plus permis de reculer, répondit Consuelo, après un instant de silence.
Un premier scrupule pourrait m'entraîner
dans une série de réserves et de terreurs qui
me conduiraient à la lâcheté. J'ai reçu vos
austères confidences; je sens que je ne m'ap-

partiens plus. Hélas! oui, je l'avoue, je souf-
frirai souvent du rôle que vous m'imposez;
car j'ai amèrement souffert déjà d'être forcée
de mentir au roi Frédéric pour sauver des
amis en péril. Laissez-moi rougir une dernière fois de la rougeur des âmes vierges de
toute feinte, et pleurer la candeur de ma
jeunesse ignorante et paisible. Je ne puis me
défendre de ces regrets; mais je saurai me
garder des remords tardifs et pusillanimes.
Je ne dois plus être l'enfant inoffensif et inutile que j'étais naguère; je ne le suis déjà
plus, puisque me voici placée entre la nécessité de conspirer contre les oppresseurs de
l'humanité ou de trahir ses libérateurs. J'ai
touché à l'arbre de la science : ses fruits sont
amers; mais je ne les rejetterai pas loin de
moi. Savoir est un malheur; mais refuser
d'agir est un crime, quand on *sait* ce qu'il
faut faire.

— C'est là répondre avec sagesse et courage, reprit l'initiateur. Nous sommes contents de toi. Dès demain soir, nous procéderons à ton initiation. Prépare-toi tout le jour à un nouveau baptême, à un redoutable engagement, par la méditation et la prière, par la confession même, si tu n'as pas l'âme libre de toute préoccupation personnelle.

FIN DU TROISIÈME VOLUME.

Imprimerie hydraulique de GIROUX et VIALAT, Saint-Denis-du-Port, près Lagny.

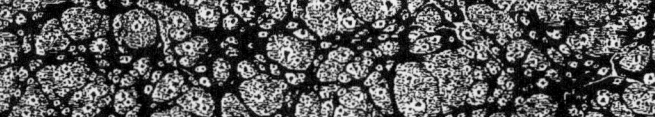

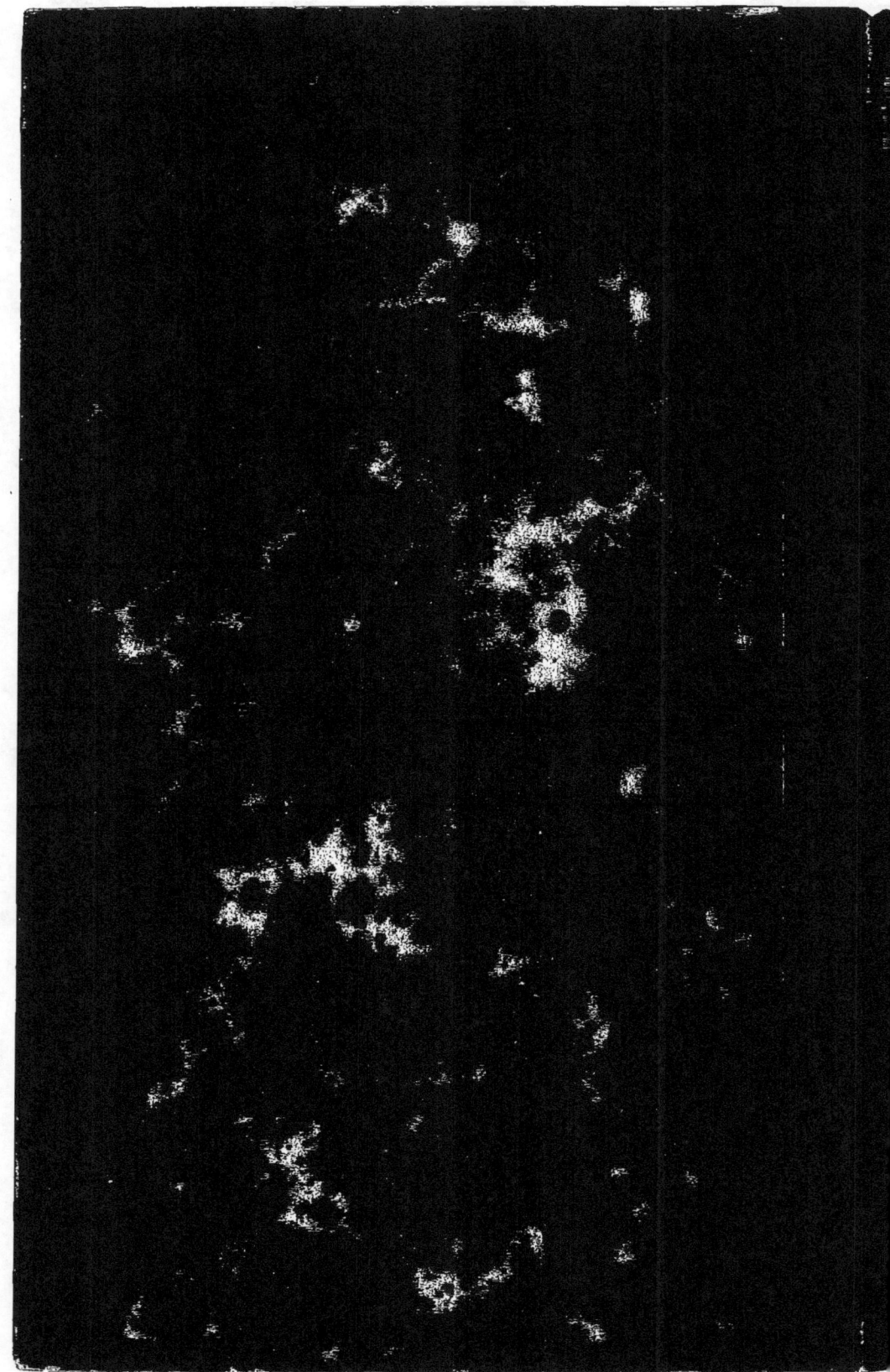

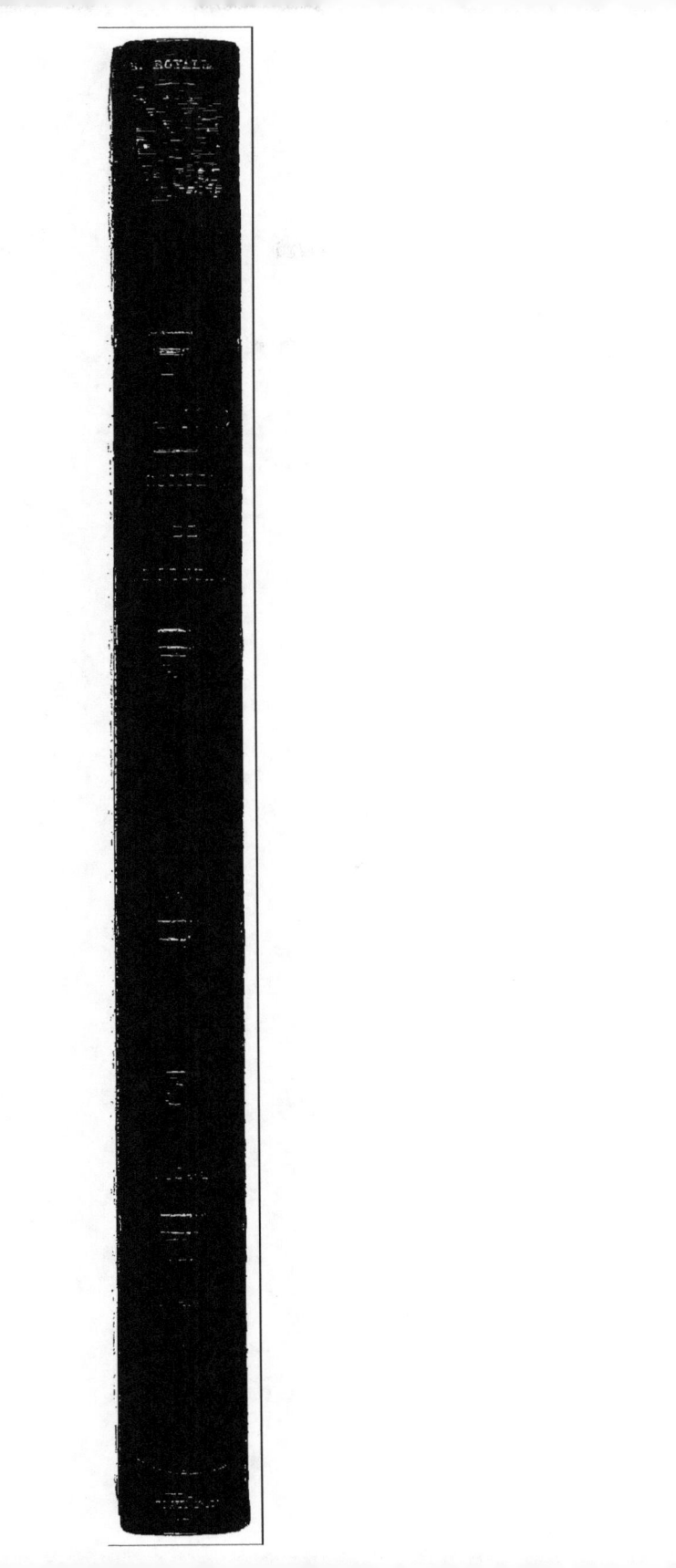